Tatjana Goritschewa

Von Gott zu reden ist gefährlich

Ihnen,

Frau Schultze,

zum Weihnachtsfest

1998

von

V&R

Markus Enders

München, 20.12.98

Tatjana Goritschewa

Von Gott zu reden ist gefährlich

Meine Erfahrungen im Osten und im Westen

Mit einem Geleitwort von Bischof D. Georg Kretschmar

Vandenhoeck & Ruprecht in Göttingen

Aus dem Russischen von Birgit Butz
unter Mitwirkung von Lorenzo Amberg und „Glaube in der 2. Welt"

Tatjana Goritschewa wurde 1947 in Leningrad geboren, studierte Philosophie und Radiotechnik. Mit 26 Jahren wurde sie Christin, gründete mit Leningrader Frauen die erste Frauenbewegung in der Sowjetunion, organisierte religiöse Seminare und veröffentlichte zwei Zeitschriften im Untergrund. Nach vielen Verhören und Verhaftungen wurde sie 1980 ausgewiesen. Tatjana Goritschewa lebt heute in Paris.

Die Deutsche Bibliothek – CIP-Einheitsaufnahme

Goričeva, Tat'jana:
Von Gott zu reden ist gefährlich : meine Erfahrungen im Osten und im Westen / Tatjana Goritschewa. Mit einem Geleitw. von D. Georg Kretschmar. [Aus dem Russ. von Birgit Butz unter Mitwirkung von Lorenzo Amberg und „Glaube in der 2. Welt"]. – 20. Aufl. – Göttingen : Vandenhoeck und Ruprecht, 1997
ISBN 3-525-62350-X

Umschlagabbildung:
Hans Gottfried von Stockhausen, Die Steinigung des Stephanus. 1967. Seeheim/Bergstraße. Laurentius-Kirche (Detail)

20. Auflage

Die ersten Auflagen dieses Buches sind
im Verlag Herder, Freiburg, erschienen.

Druck- und Bindearbeiten: Hubert & Co., Göttingen.

Geleitwort

Dies ist der Bericht vom Aufbruch junger Akademiker zurück zu Gott während der Breschnew-Ära, in den 70er Jahren. Gewiß, die Zeit der Verfolgung aller Religionen unter Stalin vierzig Jahre zuvor war vorüber und ebenso das Wiederaufleben der Repressionen unter Chruschtschow. Aber noch immer werden die jungen Leute bespitzelt, zu Verhören bestellt, verhaftet, verurteilt. Auch die Autorin ist am Ende ausgewiesen worden. Natürlich leben diese Neubekehrten in Angst. Aber das Buch ist geprägt von der großen Freude, Christ sein zu dürfen. Doch gerade weil dieser Kreis so fest in seiner orthodoxen Kirche steht, die er in ihren Gottesdiensten, in der Seelsorge durch treue und tapfere Priester erlebt, gerade deshalb ist er auch – wie wir heute sagen würden – ökumenisch aufgeschlossen. Das Wort Ökumene hat zwar heute in Rußland einen eher negativen Klang, aber wenn die Gruppe sich trifft, sind immer wieder auch römisch-katholische Christen oder Baptisten dabei. Man möchte sich verstehen, auch wenn das nicht immer gelingt. Doch Gott, zu dem sie heimgekehrt sind, schließt zusammen auch über die Grenzen hinaus.

Es ist ein aufregendes Buch und ich denke ein tröstliches und mutmachendes Buch. Aber es zwingt auch zum Nachdenken. Erst zwei Jahrzehnte sind seit den Geschehnissen vergangen, von denen Tatjana Goritschewa berichtet. Andeutend, flüsternd hat man mir damals von diesem Aufbruch in der akademischen Jugend erzählt; heute zeugt ein Hilfswerk davon, das Bibeln und andere Literatur für die Glaubensausbreitung in Rußland beschafft und sich um die Resozialisierung großstädtischer Straßenkinder kümmert.

Von Gott zu reden, ist nicht mehr gefährlich. Auch die Zeit, in der es geradezu politische Vorteile zu bringen schien, ist wohl wieder vorbei. Dafür gibt es andere, neue Gefährdungen und Versuchungen in der Gesellschaft, auch für den Christen. Die neue Zeit hat viele Gesichter. Damals traf die Autorin einen Mann aus Finnland, der in der großen Stadt Leningrad keine Lutheraner mehr gefunden hatte; so schloß er sich den Baptisten an. Heute wird wieder in sechs Kirchen lutherischer Gottesdienst gehalten, und nimmt man die Gläubigen aller lutherischen Gemeinden in St. Petersburg zusammen, dann sind es weit mehr als in irgendeinem anderen Ort Rußlands. Längst abgestorben vermutete Vergangenheit lebt wieder auf, und sei es nur in den nostalgischen Träumen der Menschen. Das kann der erste Schritt zur Heimkehr zu Gott sein, kann aber auch den Horizont sehr einengen und den Blick über die Grenzen der eigenen Kirche hinaus eher verschließen als öffnen. Aber etwas gibt es auch heute: die große, beglückende und ansteckende Freude gerade in den jungen Stadtgemeinden Rußlands unter Menschen, die heute wieder zu Gott und damit zu ihrer Kirche zurückgefunden haben. Und diese Freude schließt auch heute nicht aus, sondern öffnet die Herzen.

Nach ihrer Ausweisung erlebt die Verfasserin im Westen vieles, was sie erschreckt und enttäuscht, auch in Deutschland, unter Christen. So geht es nicht selten auch Christen aus unseren Gemeinden, die nach dem Westen auswandern und dort nicht die Kirche vorfinden, die sie geliebt und für die sie gelitten haben. Gott führt unterschiedliche Wege. Nicht alles, was Christen in Deutschland erregt und entzweit, muß auch nach Rußland exportiert werden. Und nicht alle Glaubenserfahrungen hier lassen sich leicht in Deutschland vermitteln. Aber ich wünsche mir sehr, daß das Glück der Bekehrung zu Gott, die Freude über die wiedergefundene Heimat in der Kirche, die Leser dieses Buches aufhorchen läßt und vielleicht sogar ansteckt.

D. Georg Kretschmar
Bischof der Ev.-Luth. Kirche in Rußland,
der Ukraine, Kasachstan und Mittelasien

St. Petersburg, den 20. Oktober 1996

Eine Begegnung mit dem Teufel

Besuch von Boris

Am 14. November um 8 Uhr morgens klingelte es an unserer Wohnungstür. Ich war spät zu Bett gegangen und wachte deshalb erst auf, als der Vater mir zurief:

„Tanja, Besuch für dich!"

„Wer?"

„Boris."

Ich hebe den Kopf, bemühe mich zu erkennen, wer dort auf dem Flur steht. Irgendeine große, schwarze Gestalt. Als er gesehen hat, daß ich ihn aufmerksam betrachte, versucht er, sich im Dunkel zu verbergen. Der Gedanke schießt mir durch den Kopf, daß vielleicht einer von meinen Moskauer Freunden angekommen sei. Aber der nächste Gedanke ist schon richtig – der KGB, das Komitee für Staatssicherheit.

Ich habe der schriftlichen Vorladung beim Untersuchungsrichter Karmazkij in der Angelegenheit des Moskauer Seminars nicht Folge geleistet. Vor kurzem hat man den wichtigsten Teilnehmer des Seminars, Wladimir Poresch, verhaftet. Noch vor kurzer Zeit hatten wir zusammen mit Wladimir darüber nachgedacht, wie wir unsere Seminare, das Leningrader und das Moskauer, vereinigen könnten. Wir hatten uns Träumen hingegeben und waren sogar auf die Idee einer orthodoxen Untergrundakademie gekommen, einer Akademie, in der Wolodja Kirchengeschichte lehren wollte, Regelson sollte die Dogmatik übernehmen und ich die Philosophie. Sie sind jetzt alle – im Gulag: Sascha Ogorodnikow, Wolodja, Tanja Schtschipkowa, Vitja Popkow, Ljowa Regelson. Und die Verhaftungen und Hausdurchsuchungen dauern immer noch an.

Nachdem ich der Vorladung „in der Angelegenheit Wladimir Poresch" nicht Folge geleistet habe, ist der KGB selbst gekommen. Mein Schlaf verfliegt augenblicklich. Ich komme zu vollem Bewußtsein und gehe zu „Boris" hinaus.

„Mit welchem Recht stehen Sie hier?"

Er zeigt mir hastig sein rotes Büchlein.

„Gehen wir, Tatjana Michajlowna, machen wir die Verhältnisse nicht noch komplizierter. Unten wartet das Auto."

All das spricht er flüsternd, damit es die Eltern nicht hören.

„Nirgendwohin werde ich mit Ihnen fahren!"

Ich setze mich an meinen Schreibtisch und mache mich daran, im „Grundkurs" von Karl Rahner zu lesen.

Als die Eltern begriffen haben, worum es geht, stürzen sie sich auf mich. Was habe ich nicht alles von ihnen zu hören bekommen!

„Fahr doch, solange man dich im Guten dazu auffordert, sonst wirst du uns vor allen Nachbarn Schande machen. Man hält dich schon für eine Nonne. So viele Jahre hast du studiert – und alles umsonst."

So regt sich Mama auf. Die Arme versteckt meine Ikonen, wenn ich tagsüber aus dem Hause gehe – damit die Nachbarn sie nicht sehen. Sie seufzt und kann nicht einschlafen, wenn ich abends im Badezimmer bete, wo ich mich vor den Eltern versteckt habe.

„Ihr seid bereit, mich einer x-beliebigen Bande von Räubern auszuliefern", sage ich. „Und der KGB ist die unverschämteste aller Banden!"

Die Eltern laufen durch die Wohnung, sie wissen nicht, was sie tun sollen, wie sie auf mich einwirken können.

Während dieser Zeit steht „Boris" bescheiden im Korridor und tritt von einem Bein auf das andere. Sie stürzen zu ihm hin:

„Setzen Sie sich doch ein wenig, möchten Sie nicht etwas Tee? Sie sehen doch, was für eine Verrückte das ist."

Die Mutter – sie schämt sich meiner – flüstert ihm zu:

„Sie spricht drei Sprachen, hat die philosophische Fakultät abgeschlossen und die Zuweisung zur Aspirantur erhalten. Und da ist sie nicht in die Partei eingetreten, und sie haben einen anderen genommen. Stellen Sie sich vor, sie arbeitet als Fahrstuhlführer!"

„Boris" antwortet vernünftig:

„Das ist ihre Sache ..."

So also ist die Situation – der KGB zeigt sich als mein moralischer Anwalt!

Aber die armen Eltern haben den Kopf verloren, vor Angst und Unverständnis. Sie wußten immer, daß ihre Tochter unvernünftig und eigensinnig ist, aber so etwas! Wieviel Bemühen hat doch der KGB gezeigt, damit diese Wahnsinnige auf ein paar höchst einfache Fragen antwortet. Man hat nicht nur einen „Wolga" hergeschickt, sondern auch einen so sympathischen jungen Mann von seiner gesellschaftlich nützlichen Tätigkeit abgezogen. Wie gut der KGB doch ist, daß er diese antisowjetische Fanatikerin bis heute noch nicht ins Gefängnis geworfen hat!

Meinen Eltern steckt die Angst im Blut: Angst, die jeden normalen Gedanken und jedes gesunde Gefühl lähmt. Sie sind ja in einer anderen Zeit aufgewachsen, und sie wurden erzogen, als man die Leute nicht bloß mit Autos weggebracht hat, sondern sie sofort erschoß, im Keller ihres eigenen Hauses.

So vergehen zwei Stunden mit Drohungen und Beleidigungen. Ich schweige und rühre mich nicht vom Platz. Schließlich verliert „Boris" die Geduld. „Kann man von Ihnen aus telefonieren?" fragt er.

„Telefonieren Sie, telefonieren Sie, bitte!" antworten sie

ihm im Chor mit schmeichlerischen Stimmen. „Für Sie werden wir gleich das Telefon einschalten, wir schalten es für die Nacht ab, man wird so viel angerufen."

„Boris" spricht mit jemandem vom KGB:

„Was also, holen wir sie mit der Polizei? So fährt sie nicht, und ein zweites Mal zu kommen ist auch nutzlos. Und außerdem ist es so weit weg."

„Rufen Sie die Polizei!" antwortet man ihm. Und „Boris" fordert die Polizei an mit einem Hauptmann, der befugt ist, Erklärungen abzugeben, und der „eine Akte aufsetzen kann, wenn die Goritschewa Widerstand leisten wird".

Hier erreichte die Hysterie meiner Eltern ihren Höhepunkt:

„Bring uns nicht endgültig in Verruf vor den Nachbarn!" fleht die Mutter.

Der Vater zittert am ganzen Körper, er steht vor einem Nervenzusammenbruch. Es erfolgt der Anruf von der Polizei: das angeforderte Auto ist unterwegs. Mein Vater begann mir leid zu tun, und da es ihnen mit Hilfe der bewaffneten Polizei auf jeden Fall gelingen würde, mich mitzunehmen, erhob ich mich und sagte, daß ich einverstanden sei zu fahren.

„Ich weigere mich, mit Ihnen zu sprechen"

Beim KGB bringt man mich zu Karmazkij, der sich, die Würde in Person, vorstellt und mir ein Papier über die Rechte und Pflichten des Zeugen zum Durchlesen gibt.

„Ich lehne es ab, mich an dieser Sache zu beteiligen", sage ich.

„Warum? Geben Sie zum Beispiel eine positive Charakteristik Ihres Freundes Poresch! Wir sind doch keine Unmenschen, wir wollen uns nur objektiv über alles klar werden. Sie verstehen, daß Sie ihm mit Ihrer Weigerung überhaupt nicht helfen werden. Aber sich selbst werden Sie schaden."

„Ich weigere mich, mit Ihnen zu sprechen."

Ich bin nicht zum ersten Mal in diesen Wänden. Eine richtige Linie im Verhalten gegenüber dem KGB zu finden, war am Anfang sehr schwer. Die Mehrzahl derer, die dort ausgefragt werden, versucht anfangs zu täuschen, und sie erdichten etwas, denken sich etwas aus. Aber der Teufel ist in Sachen Schlauheit immer klüger als wir. Jeder beliebige Dialog mit ihm verwandelt sich immer in das Spiel: „Ein Tor". Letzten Endes erfahren sie auf dem Weg listiger, seit langem erprobter und sorgfältig ausgearbeiteter Methoden das, was sie brauchen, und der Mensch wird zum Verräter.

Als man mich vor ungefähr zehn Jahren zum ersten Mal hinter diese Mauern brachte und damit begann, mich über Bekannte von der Philosophischen Fakultät auszufragen, bemühte ich mich, etwas auszudenken oder nur „Gutes" zu sagen. Aber dann, als ich schon daheim in meiner Wohnung war, entdeckte ich mit Entsetzen, daß die Mehrzahl der Fragen nicht aufrichtig gewesen war, daß sie etwas anderes erfahren wollten, nicht das, was sie fragten. So wurde ich z.B. gefragt, wo V. F. wohne, und ich nannte seine Adresse in der Annahme, daß der KGB das sowieso in Erfahrung bringen könnte. Der Untersuchungsrichter aber wollte nur den Grad meiner Vertrautheit mit V. F. herausfinden. Und so ist es überall. Man manipulierte mich, man spielte mit mir. Diese Begegnung genügte aber, daß ich mir für mein ganzes Leben die einzig mögliche Taktik des Verhaltens beim KGB zulegte: Ich lehnte jedes Gespräch mit ihm ab. Später wandte der KGB verschiedene psychologische Tricks an, um mich zu einem Gespräch vorzuladen: Der strenge Untersuchungsrichter wurde durch einen gutmütigen abgelöst, es gab Drohungen, mich in eine psychiatrische Klinik zu stecken, es gab Erpressungen meinen Eltern gegenüber. Ich bemühte mich, dem keine Aufmerksamkeit zu schenken.

Glaube nichts, fürchte dich vor nichts, bitte um nichts

Ich betete still für mich. Besonders das Jesusgebet half mir: „Herr Jesus Christus, Sohn Gottes, erbarme dich meiner, der Sünderin." Dieses Gebet schuf ein undurchdringliches Feld um mich herum. Dank dieses Gebetes fühlte ich mich völlig geschützt, hinter welchen Wänden ich auch war und in welchen Verhältnissen ich mich auch befand.

Die heiligen Väter empfehlen, mit den Teufeln zu kämpfen, indem man sie ganz einfach nicht beachtet, indem man sie nicht in den Glauben aufnimmt. So bemühte ich mich auch, die hartnäckigen, verschiedenartigsten, oft Stunden dauernden Belästigungen der Untersuchungsrichter des KGB abzuwehren – ich reagierte nicht darauf. Ich ließ sie nicht in mein Bewußtsein ein. So fielen in unserer Praxis die Erfahrung der Dissidenten und die asketische Erfahrung zusammen, hat doch Solschenizyn einst eine ähnliche Faustregel für das Verhalten beim KGB formuliert: „Glaube nichts, fürchte dich vor nichts, bitte um nichts."

Und noch eine verblüffende Ähnlichkeit zwischen dem Vorgehen dieser Organisation und den Methoden des Bösen stach in die Augen: wie geschickt sie jede menschliche Schwäche ausnutzen, welch teuflischen Spürsinn für das Böse sie in der Tat haben! Ihre Existenz beruht auf der Ausbeutung niedriger menschlicher Gefühle: der Angst, des Neides, der Eitelkeit, des Mißtrauens. Wenn sie bemerken, daß etwas entsteht: Seminare, Zeitschriften, Zirkel, so fangen sie nicht mit Verhaftungen an, sondern mit dem Versuch, dieses Neue und Lebendige von innen her zu zersetzen, die Leute gegeneinander aufzuhetzen, sie gegenseitig zu verfeinden. Genauso gingen sie mit unserem religiösen Seminar vor. Die KGBler gerieten besonders in Unruhe, als sie in Erfahrung brachten, daß Baptisten in unser Seminar kamen, die nichtregistrierten (und daher besonders verfolgten) Gemeinden angehörten. Sie luden diese Baptisten einzeln vor und bemühten sich, ihnen zu erklären, welche Leute wir seien: Über Vater Lew Konin, einen aktiven Teilnehmer des Seminars, erzählten sie, daß er „pervers" sei. Über mich hieß es, ich sei eine „Trinkerin". Über andere sagten sie, sie seien Diebe, Prostituierte oder Faulenzer. Unsere Baptisten (die sogar störte, daß bei unseren Seminarveranstaltungen geraucht wurde) hatten ein hochentwickeltes Moralgefühl. Da versuchte der KGB sie zu „packen", indem er uns in ein amoralisches Licht stellte. Die Baptisten aber nannten sie in Gesprächen mit uns „dunkle Fanatiker", „grausame Unmenschen", „Agenten des amerikanischen Spionagedienstes" usw. Natürlich durchschauten wir damals diese Taktik und lachten darüber. Uns mit den Baptisten zu verfeinden, gelang nicht. Aber nicht immer arbeitete der KGB so untalentiert.

„Ich weigere mich, mit Ihnen zu sprechen": Dieser Satz war der einzige, den ich damals während meines letzten Besuches beim KGB aussprach.

Karmazkij ging für zehn Minuten hinaus. In dieser Zeit sang ich ein mir vertrautes Gebet, den „Hymnus für den Süßesten Jesus". Da ich wußte, wie lange man beim KGB sitzen kann, hatte ich vorsorglich das Hymnen-Buch von zu Hause mitgenommen.

Nachdem Karmazkij zurückgekehrt war, fing er von neuem ein Gespräch mit mir an. Offensichtlich hatte er vom Vorgesetzten Instruktionen bekommen. Er versuchte es mit einem abstrakten Thema.

„Sagen Sie, Tatjana Michajlowna, woher haben Sie und Poresch einen solchen Glauben an Gott? Sie sind doch in einer normalen sowjetischen Familie erzogen worden, Ihre Eltern sind intelligente Leute, Atheisten. Sie haben überhaupt keine sozialen Wurzeln für den Glauben. Sie stammen doch nicht aus der Schicht der Adeligen und nicht aus der Schicht der Kulaken (Bauern). Was unsere Gesellschaft als ganze betrifft, so kann sie kein religiöses Bewußtsein hervorbringen, bei uns gibt es dafür keine Voraussetzungen: Die Ausbeutung des Menschen durch den Menschen gibt es nicht, überall wird die atheistische Propaganda geführt, alle können lesen und schreiben, niemand glaubt mehr an Märchen. Was uns alle hier interessiert: warum glauben gerade Sie, Leute mit Universitätsbildung, einen solchen Unsinn. Warum glauben Sie diesen Unsinn? Wie irgendeine alte Frau, die nicht lesen und nicht schreiben kann?"

Es ist nicht das erste Mal, daß man beim KGB ein solch grundsätzliches Gespräch anfängt. Früher ging ich darauf ein, erklärte, wie ich es eben konnte, versuchte, verständlich zu machen, daß man unseren Glauben durch keinen westlichen Einfluß erklären könne, daß der lebendige Gott selbst in meine Seele gekommen sei, daß es keine größere Freude gebe als dieses neue Leben in der Kirche. Ich weiß nicht, ob ich ihnen wenigstens etwas vermitteln konnte. Wohl kaum. Sie führen auch bis zum heutigen Tage einen unversöhnlichen Kampf mit dem Glauben, mit dem Geist, mit dem, was ihrem Bewußtsein nicht zugänglich ist, was sie aber als größte Bedrohung für sich auffassen und was von ihnen sehr gut als der gefährlichste Feind verstanden wird – sind sie doch Mörder, Zyniker, unmenschlich und teuflisch schlau. Sie fanden keine „materialistische" Erklärung für die christliche Erneuerung im heutigen Rußland. Und sie werden keine finden. Aber das hindert sie nicht daran, den moralisch leuchtenden, den sanften und begabten Wolodja Poresch zu elf Jahren Gefängnis zu verurteilen. Tatjana Schtschipkowa, die ebenfalls jahrelang im Gefängnis saß, ist in dieser Zeit fast erblindet, Sascha Ogorodnikow wurde schwer krank.

Und wir, womit können wir ihnen helfen? Wir, ihre Freunde, die vorläufig noch in der Freiheit geblieben sind.

Ich fühlte eine brennende Scham darüber, daß meine Liebe so hilflos war. Und daher schüttelte ich den Kopf, als Karmazkij fragte:

„Zum zweiten Mal frage ich Sie. Weigern Sie sich, Zeugin zu sein? Sie wissen, was für eine Verantwortung Sie nach § 181 tragen?"

Ich schüttelte den Kopf, was bedeutete: „Ich weiß es, ich bin bereit."

Ein Zimmer mit Gummibäumen

Ich wußte nicht genau, wieviel Jahre man für die Verweigerung von Aussagen „gibt". Wahrscheinlich ein Jahr oder zwei. Aber Wolodja sollte erfahren, daß er echte Freunde hat.

Damit war das „Gespräch" beim KGB jedoch noch nicht beendet. Sie führten mich durch lange und gleichförmige Korridore, wo kein einziges Bild, auch kein einziges Schriftstück an den Wänden ist, wo alle Türen gleich taub und unzugänglich verschlossen sind: eine Welt, kalt wie ein Alptraum. Sie hatte etwas Irreales an sich. Das war das bedrückend-mystische Reich des Bösen.

Für eine ganze Stunde schloß man mich in irgendein Zimmer ein, in dem Sofas und Gummibäume standen. Ich betete und überlegte mir, was denn dieses Mal das Schwierigste für mich war, warum ich eine solche Anspannung fühlte.

Es mag lächerlich erscheinen. Aber das schwierigste Erlebnis unter denen, die zu ertragen mir in diesen Stunden gelang, das war das Verbot zu lieben.

Und wie schwer war das! Lebte ich doch all die letzten Jahre hindurch in einem glücklichen, seligen Zustand. „Kreuz der Freiheit", so schrieb, glaube ich, Nikolaj Berdjajev – „die Freiheit und das Kreuz vereinigten sich in einem"; mein Leben wurde ein Schaffen in Gott. In diesem

Schaffen eröffnete sich mir die größte, unerschöpfliche, mit nichts vergleichbare Quelle der Freude. Aber schaffen kann man nur, indem man liebt. Und wie einfach war es damals, in jedem Menschen das Bild und Ebenbild Gottes zu sehen, sich zu begeistern an hellen und starken Menschen, mitzuleiden mit denen, die beleidigt wurden und denen Böses geschah: „zu weinen mit den Weinenden und zu lachen mit den Lachenden"!

Aber hier in dieser Welt, wo man nicht schwach werden durfte, wo man Angst hat, nicht für sich selbst, sondern um die anderen, wo man sich fürchtet, daß man seinen Freunden schaden könnte, wenn man schwach geworden ist und sich in das Gespräch hat ziehen lassen – hier muß man „sanft wie eine Taube", aber auch „klug wie eine Schlange" sein.

Aber wie schwer ist das! Wie schwer ist es, vor sich ein Gesicht zu sehen, das, mag es noch so schwammig, mag es noch so ausdruckslos sein, aber doch immerhin das Gesicht eines Menschen ist. Eines Menschen, für den sich unser Herrgott auch hat kreuzigen lassen!

Ja, auch das ist ein Mensch, und er trägt einen christlichen Namen!

Das beste, das einzige ist – zu schweigen.

Selig, der nicht folgt dem Rat der Frevler

Schließlich führt man mich aus meinem Zimmer mit den Gummibäumen heraus und versucht von neuem, mich zu einem Gespräch zu bringen. Erfolglos. Drohungen werden auch dieses Mal nicht eingesetzt. Der KGB weiß, daß das auf mich nicht wirkt. Man versucht ein Gespräch über Philosophie, über meine Aufsätze, über Heidegger anzufangen. Der Untersuchungsrichter, der insgesamt überhaupt nicht den Eindruck eines besonders gebildeten Menschen macht, hat sich anscheinend speziell auf das „philosophische" Gespräch vorbereitet, hat Auskünfte darüber eingeholt, wer Heidegger ist. Aber alles erfolglos. Ich bin wie abwesend. In meinem Inneren klingen die Zeilen des ersten Psalms: „Selig der Mann, der nicht folgt dem Rat der Frevler."

Dieser Besuch beim KGB war einer von vielen. Ein völlig durchschnittlicher Besuch. Ungewöhnlich war daran nur, daß man mich nicht auf der Straße aufgeschnappt hatte, sondern daß man mich von zu Hause abholte.

Nach diesem Besuch wurde der Vater mit einer Schilddrüsenentzündung ins Krankenhaus für Kriegsinvaliden gebracht. Ich konnte nicht länger zu Hause wohnen. Noch ein solcher Besuch, Gott gebe es nicht, eine Hausdurchsuchung – und das Leben meiner Eltern wäre in Gefahr gewesen. Möge Gott, der Herr, mir verzeihen, daß ich ihnen so viel Leid bereitet habe!

Meine Bekehrung

Von nirgendwo nach nirgendwo

Wenn ich gefragt werde, was mir die Hinkehr zu Gott bedeutet, was mir durch diese Bekehrung erschlossen wurde und wie sich mein Leben verändert hat, kann ich ganz einfach und kurz darauf antworten: alles. Alles hat sich in mir und um mich verändert. Um es noch genauer zu sagen: Erst als ich Gott gefunden hatte, fing mein Leben an.

Für jemand, der im Westen aufgewachsen ist, ist das nicht leicht zu verstehen. Er ist in einer Welt geboren, in der es Traditionen und Normen gibt – auch wenn sie nicht mehr ganz stabil sind. Er konnte sich „normal" entwikkeln, jene Bücher lesen, die er lesen wollte, sich seine Freunde aussuchen und Karriere machen. Er konnte in jedes Land reisen. Oder aber sich aus der Welt zurückziehen, entweder in die Familie, um sie liebevoll zu umsorgen, oder in ein Kloster oder in die Wissenschaft – wohin immer man auch wollte.

Ich hingegen bin in einem Land geboren, in dem die traditionellen Werte der Kultur, Religion und Moral bewußt und erfolgreich ausgerottet wurden; ich kam und ging von nirgendwo nach nirgendwo: ich hatte keine Wurzeln und sollte in eine leere, sinnlose Zukunft gehen. In meiner Kindheit hatte ich eine Freundin, die sich mit 15 Jahren das Leben nahm, weil sie all das, was sie umgab, nicht mehr ertragen konnte. Sie starb und hinterließ die Notiz: „Ich bin ein sehr schlechter Mensch" – und war doch ein

Mensch ungewöhnlich reinen Herzens, der keine Lüge ertragen und auch selbst nicht lügen konnte. Dieser junge Mensch ließ das Leben, weil er spürte, daß er nicht so lebte, wie er es sollte, und daß man irgendwann einmal die Leere, die einen umgibt, durchstoßen und Licht finden muß. Den Weg dazu jedoch fand sie nicht. Meine Freundin war ein zu tiefgründiger und für ihr Alter außergewöhnlich gewissenhafter Mensch; sie begriff, daß auch sie selbst an allem mit Schuld trug. Heute, 20 Jahre nach ihrem Tod, kann ich es als Christ so ausdrücken: Sie hat ihre Sündhaftigkeit entdeckt. Sie entdeckte eine fundamentale Wahrheit, nämlich daß der Mensch schwach und unvollkommen ist; aber die andere Wahrheit, die noch wichtiger ist, fand sie nicht: Gott kann den Menschen retten, ihn aus seinem Gefallensein herausheben und aus dem undurchdringlichsten Dunkel herausreißen. Von dieser Hoffnung hatte ihr niemand etwas gesagt, und sie starb, von der Verzweiflung erdrückt.

Ich haßte alles und liebte die Einsamkeit

Ich selbst stand meiner geistig so begabten Freundin bei weitem nach. Ich lebte wie eine gehetzte und böse kleine Bestie, ohne jemals aufrecht zu stehen und den Kopf zu heben, ohne den Versuch zu machen, etwas zu begreifen oder zu entscheiden. In Schulaufsätzen schrieb ich, wie sich das so gehört, daß ich die Heimat liebe, und Lenin, und meine Mutter – aber das war eine glatte Lüge. Von Kindheit an haßte ich alles, was mich umgab: ich haßte die Menschen mit ihren kleinlichen Sorgen und Ängsten, ja sie ekelten mich an; ich haßte meine Eltern, die sich in nichts von allen anderen unterschieden und die eben zufällig meine Eltern geworden waren. Oh, ich wurde rasend vor Wut, wenn ich daran dachte, daß man mich ohne meinen Wunsch und vollkommen absurd in die Welt gesetzt hatte. Ich haßte sogar die Natur mit ihrem ewig wiederkehrenden und langweiligen Rhythmus: Sommer, Herbst, Winter ...

Das einzige, was ich liebte, war völlige Einsamkeit. Die angenehmste Zeit für mich war dann, wenn die Eltern eingeladen waren und ich allein in unserem kleinen Zimmer bleiben konnte. Dann fing ich zu träumen an – von geheimnisvollen Märchenschlössern und dem Unendlichen. Später dann, als ich lesen gelernt hatte, schirmte ich mich durch Bücher wie mit einem undurchdringlichen Vorhang von der Welt ab. Auf Spaziergängen, während des Mittagessens, in den Pausen – stets war ich in ein Buch vertieft. Die Romanhelden waren mutige, freie und über alles erhabene Menschen, die sich dem tödlichen Konformismus des Lebens nicht beugten. Sie wurden mein Ideal. Aber ich dachte damals, daß es solche Menschen nur in Büchern gibt. Nur in Büchern lebt man nicht in der Angst, benachteiligt, betrogen oder bestohlen zu werden, nur in Büchern lebt man nicht dauernd mit der Lüge. Dennoch gab ich mir schon in der Kindheit im stillen das feste Versprechen, mich zu den verrückten und unverstandenen Helden zu halten: dem hitzigen Cyrano de Bergerac z. B. oder dem einsamen Ovid. Lieber sterben, als so wie alle zu werden, ein „normaler" Mensch.

Die Verachtung, die in meinem Inneren lebte, hinderte mich indessen nicht daran, äußerlich ein folgsames und stilles Kind zu sein, das stets durch besondere Leistungen hervorstach, das die Lehrer lobten und die Kameraden gern hatten. Natürlich wurde mir nicht bewußt, wie inkonsequent mein Verhalten war; mein Bewußtsein und mein Gewissen schwiegen.

Niemand hatte mir gesagt, daß es das Höchste ist zu lieben

Und in der Schule wurden ja auch nur äußerliche, „kämpferische" Eigenschaften gefördert. Da wird der gelobt, der eine Aufgabe besser lösen und höher springen kann, der sich durch etwas „auszeichnet".

Dadurch wurde dann auch mein Stolz noch mehr gefestigt und zur vollen Blüte gebracht. Klüger zu sein als die anderen, fähiger, stärker – das war mein Ziel. Nie jedoch hatte mir jemand gesagt, daß das Höchste im Leben nicht darin liegt, die anderen einzuholen und zu besiegen, sondern zu lieben. Zu lieben bis in den Tod, so wie der Eine, der Menschensohn, den wir damals noch nicht kannten.

Von „großen Taten" hingegen war ständig die Rede: von den Heldentaten der Revolutionäre, vom eisernen Willen der Kriegshelden, wie z. B. von Maresjew, dem Mann, der ohne Beine gehen und tanzen konnte und dessen Name nur fettgedruckt zu lesen war, oder von der „strahlenden Persönlichkeit" eines Rachmetow, der bereit war, für seine Ideen „auf Nägeln zu schlafen". Man mußte also einen starken Willen entwickeln, den Willen zum Sieg.

Es ist bekannt, wie viele Anhänger Nietzsches dann aus meiner Generation hervorgingen, ja wie viele von ihnen die sowjetische Wirklichkeit auch heute noch hervorbringt. Passive Anhänger Nietzsches, solche wie Raskolnikow, die kleinen „Helden aus dem Untergrund", und auch solche, die ganz scharf sind auf Rang und Titel und mit Zynismus davon reden, daß wir bald die ganze Welt erobert haben werden.

Nietzsche las ich mit 19 Jahren (das Evangelium allerdings erst mit 26!!), und er gefiel mir auf Anhieb sehr gut – so wie auch Sartre, Camus, Heidegger, jene „existentielle", rebellische und uns so nahestehende Philosophie. Sie waren damals in den Jahren der Liberalisierung unter

Chruschtschow teilweise erlaubt, und Übersetzungen waren im Samisdat im Umlauf. In Cafés und Bussen diskutierte die Intelligentsia Fragen einer sinnlosen, widerlichen Existenz.

Wir begeisterten uns für die „Idole" des Westens vielleicht noch glühender als hier im Westen. Für uns war der Existentialismus der erste Schluck Freiheit, das erste offene Wort, das nicht verboten war. Es ist interessant, daß sich unsere Wege dann allerdings bald trennten. Die westliche Jugend hat die Ereignisse von 1968 erlebt, den Weg einer immer stärker werdenden „Politisierung" des Bewußtseins beschritten und sich für den Marxismus begeistert; bis heute lebt sie vom revolutionären Mythos.

Wir hingegen sind in die Tiefe gegangen und haben die unvergänglichen Werte der Kultur, Geschichte und Ethik erschlossen. Zuletzt haben wir uns Gott und der Kirche zugewandt. Hier im Westen ist das ganz und gar unverständlich geblieben.

Ich möchte „uns" nicht anpreisen, wie dies hie und da schon geschehen ist. Aber dennoch habe ich manchmal den Eindruck, als sei die russische Intelligentsia „erwachsener" als die westliche. Wenn man im Westen lebt, kommt man sich vor wie im alten Rußland Mitte des 19. Jahrhunderts, als die Idee von Revolution und einer gerechten Gesellschaft das Denken der geistigen Elite beherrschte. Wahrscheinlich ist dies nicht dann der Fall, wenn das Leben schwer ist, sondern wenn man Langeweile hat.

So begann denn unsere Befreiung mit der Entdeckung des westlichen freien Denkens.

Interessanterweise haben wir, nachdem wir mit der weiten und wundervollen Gedankenwelt des Christentums in Berührung kamen, den gottlosen Sartre und den hochmütigen Camus nicht „verteufelt". Bei all seiner Antireligiosität konnte uns Sartre doch an die Grenze der Verzweiflung führen, an der der Glaube beginnt. Sein zentraler Gedanke, daß nämlich der Mensch in jeder Sekunde eine freie Wahl trifft, ist ja tatsächlich ein christlicher Gedanke. Denn Gott möchte die freiwillige Liebe des Menschen; und aus Achtung vor unserer freien Willensentscheidung vernichtet Er auch das Böse in der Welt noch nicht.

Sartre führte uns zu Christus von der „Legende vom Großinquisitor" zur großen Tragödie des Christentums; dem Christentum, das dem Menschen das kühne Angebot macht, ein Sohn Gottes, Freund des Heilandes und schließlich göttlich zu werden. So sagten auch die heiligen Väter: „Gott wurde Mensch, um den Menschen göttlich zu machen." Sartre sagt: „Der Mensch hat keine Wesenheit." Er unterscheidet sich von einem Stein oder Blumenkohl nur dadurch, daß er „nicht programmiert" ist. Oh, mit welcher Freude warfen wir die Rollen ab, die uns die Gesellschaft, das System, unsere Ängste und Illusionen aufgezwungen hatten. Mit welcher Freude säuberten wir Geist und Seele von den Klischees, von faden Mythen und Ideologien. Es war so, als ob wir in unserem Inneren einen Raum vorbereiteten, den nur Er einnehmen konnte; nur Er konnte die unergründlichen Tiefen des Abgrundes ausfüllen, weil Er selbst die tiefsten Tiefen kennengelernt und besiegt hatte.

Aber mir scheint, ich greife vor.

Für mich als konsequente und zornige Existentialistin gab es das Christentum lange Zeit überhaupt nicht. Wozu auch zu den alten Mythen zurückkehren? Doch in meinem Leben verstärkte sich die Tendenz zu immer größerer Selbstüberhebung und -zerstörung. In Anlehnung an Nietzsche hielt ich mich für einen geistigen Aristokraten, d.h. für einen „starken" Menschen, fähig, allein durch freien Willensentschluß mein Leben zu lenken und zu gestalten. Gewöhnliche, „schwache" Leute können dieser Herausforderung durch das „Nichts" nicht standhalten, und sie flüchten vor der Sinnlosigkeit des Seins; der eine in die Familie, der andere in die Politik oder in seine Karriere. Oh, wie haßte ich sie alle, wie gut verstand ich es, die Menschen zu „knechten", um dann gleich darauf hämisch festzustellen, daß sie alle, Männer wie Frauen, die Knechtschaft lieben, ja sie sogar suchen.

Ich hörte auf zu belügen

Damals strebte ich schon ein „ganzheitliches", konsequentes Leben an. Ich fühlte mich als Philosoph und hörte auf, mich selbst und andere zu belügen. Die bittere, schreckliche, traurige Wahrheit stand für mich höher als alles andere. Dennoch war meine Existenz nach wie vor zerrissen und widersprüchlich. Ich hatte stets Gefallen am Kontrast und Absurden, an den Unwägbarkeiten des Lebens. Auch der Ästhetizismus regte sich in mir. Ich genoß es z.B. sehr, daß ich tagsüber eine „glänzende" Studentin und der Stolz der Philosophischen Fakultät war, Umgang mit subtilen Intellektuellen pflegte, auf wissenschaftlichen Konferenzen am Rednerpult stand, ironische Bemerkungen machte und mich in geistiger Hinsicht nur mit dem Besten zufriedengab. Abends und nachts aber hielt ich mich in der Gesellschaft von Außenseitern und Leuten aus den untersten Schichten auf – Dieben, Geisteskranken und Süchtigen. Diese schmutzige Atmosphäre machte mir Spaß. Wir betranken uns in Kellern und auf Dachböden. Manchmal brachen wir eine Wohnung auf, nur um reinzugehen, eine Tasse Kaffee zu trinken und wieder zu verschwinden.

Lediglich ein Mensch machte einmal den Versuch, mir Einhalt zu gebieten. Ich darf ihn zu Recht als meinen ersten Lehrer bezeichnen. Es war unser Professor Boris Michajlowitsch Paramonow. Er war nur zufällig Lehrer an der Philosophischen Fakultät und konnte sich auch nicht lange halten. Jetzt ist er Emigrant und lebt in Amerika.

Einmal sagte er zu mir: „Tanja, warum versuchen Sie denn, alles zu zerstören? Begreifen Sie denn nicht, daß diese Zerstörungslust schon immer das Elend des russischen Denkens war? Sie sehen, daß wir in einer Welt leben, in der der Nihilismus schon voll gesiegt hat. Sie brauchen ja nur einmal auf den sowjetischen Markt zu gehen, und Sie finden nur leere Ladentische. Es gibt nichts, was es auf dem Markt geben sollte. Dafür aber ringsherum rote Spruchbänder, auf denen steht: „Vorwärts zum Sieg des Kommunismus", „‚Ein Schritt nach vorn und zwei zurück' – Lenin" usw. Da haben Sie doch Ihre so heißgeliebte Absurdität. Sie ist von den Bolschewiken doch schon geschaffen worden. In Vollendung. Was wollen Sie dem denn noch hinzufügen?"

Diese Worte machten damals einen tiefen Eindruck auf mich. Aber weder Paramonow noch ich wußten damals, wie man aus diesem Teufelskreis herauskommen und Leben schaffen sollte, anstatt es zu zerstören.

Einen Ausweg fand ich auch nicht in meiner Begeisterung für östliche Philosophien, im Yoga, mit dem ich mich nach dem Studium befaßte. Yoga machte mir nur die Welt des Absoluten zugänglich, ließ mein geistiges Auge eine neue vertikale Dimension des Seins wahrnehmen und zerstörte meinen intellektuellen Hochmut. Aber Yoga konnte mich nicht von mir selbst befreien. Ich lebte nun nicht mehr von meinem Wissen, der Kultur oder bewußter Reflexion, denn ich wußte, daß im Menschen unergründliche und ungeahnte Kräfte verborgen liegen. Ich lernte, mit den in mir entdeckten „Energien" ein wenig umzugehen. Yoga lehrt einen bequemen „Energetismus", d.h. Materialismus, und es hat nichts „Märchenhaftes". Deshalb wurde es für uns Ungläubige so etwas wie eine kleine Brücke zwischen der empirischen und der transzendenten Welt. Außerdem hatte es eine auf uns sehr anziehend wirkende Wissenschaftlichkeit: mit Hilfe von Übungen und dem Wissen um „Astral-" und „Mentalkräfte" konnte man ganz gezielt und bewußt zum Übermenschen werden. Wozu und warum? Diese Frage beantwortete jeder so, wie es ihm am liebsten war. Ich wollte natürlich so werden wie ein

Gott. Ich wünschte mir all das, was ich auch früher wollte, nur eben auf einer höheren, geistigen Ebene. Ich wollte die Klügste und Stärkste sein. Hinzu kamen noch religiös gefärbte Gemütszustände. Ich wünschte mir, mit dem Absoluten zu verschmelzen und in die ewige Seligkeit einzutauchen. Nun hatte ich gegen negative Empfindungen wie Haß oder Reizbarkeit anzukämpfen, denn ich wußte ja, daß sie „Energie kosten" und mich auf eine niedrigere Ebene des Seins zurückwerfen. Die Leere jedoch, die schon lange mein Los war und die mich ständig umgab, war nicht überwunden. Ja sie wurde noch größer, wurde mystisch, unheimlich, bis zum Wahnsinn beängstigend.

Mich überkam eine Schwermut ohne Grenzen. Es quälten mich unbegreifliche, kalte, ausweglose Ängste. Mir war, als würde ich wahnsinnig. Leben wollte ich schon gar nicht mehr.

Wie viele meiner ehemaligen Freunde sind Opfer dieser schrecklichen Leere geworden und haben sich selbst umgebracht; wie viele sind zu Säufern geworden; wie viele sitzen in Irrenanstalten! Wir hatten, so schien es, keine Hoffnung auf Leben.

Eine zweite, meine eigentliche Geburt

Aber der Wind, das ist der Heilige Geist, „weht, wo er will". Er spendet Leben und weckt die Toten auf. Was dann mit mir geschah? Ich wurde von neuem geboren. Ja, es war eine zweite, meine eigentliche Geburt.

Aber alles der Reihe nach.

Müde und lustlos verrichtete ich meine Yogaübungen mit den Mantren. Man muß wissen, daß ich bis zu diesem Augenblick noch nie ein Gebet gesprochen hatte und auch kein einziges Gebet kannte. Aber da wurde in einem Yogabuch ein christliches Gebet, und zwar das „Vaterunser", als Übung vorgeschlagen. Ausgerechnet das Gebet, das unser Herr selbst betete! Ich begann, es als Mantra vor mich hinzusagen, ausdruckslos und automatisch. Ich sprach es so etwa sechsmal, und dann wurde ich plötzlich vollständig umgekrempelt. Ich begriff – nicht etwa mit meinem lächerlichen Verstand, sondern mit meinem ganzen Wesen –, daß Er existiert. Er, der lebendige, persönliche Gott, der mich und alle Kreatur liebt, der die Welt geschaffen hat, der aus Liebe Mensch wurde, der gekreuzigte und auferstandene Gott!

In jenem Augenblick be- und ergriff ich das „Geheimnis" des Christentums, das neue, wahre Leben. Das war die wirkliche, die echte Rettung! In diesem Augenblick veränderte sich alles in mir. Der alte Mensch starb. Ich gab nicht nur meine früheren Wertvorstellungen und Ideale auf, sondern auch alte Gewohnheiten.

Schließlich wurde auch mein Herz aufgetan. Ich fing an, die Menschen liebzuhaben. Ich konnte ihr Leiden verstehen und auch ihre hohe Bestimmung, ihre Gottebenbildlichkeit. Gleich nach meiner Bekehrung kamen mir alle Leute einfach wie wunderbare Himmelsbewohner vor, und ich konnte es gar nicht erwarten, Gutes zu tun und den Menschen und Gott zu dienen.

Welche Freude und welch helles Licht war da in meinem Herzen! Aber nicht nur in meinem Inneren, nein, die ganze Welt, jeder Stein, jede Staude waren von einem sanften Leuchten überzogen. Die Welt wurde für mich zum königlichen, hohepriesterlichen Gewand des Herrn. Wie hatte ich das früher nur übersehen können?!

So begann mein Leben. Meine Rettung war ganz konkret und real; sie kam überraschend und war doch lang ersehnt, und nur der Heilige Geist konnte sie in mir vollbringen, weil nur Er eine „neue Kreatur" zu schaffen vermag und sie mit dem Ewigen versöhnen kann. Nur allein durch Ihn und Seine Gnade kann der zentrale Konflikt der menschlichen Persönlichkeit, der Konflikt zwischen Freiheit und Gehorsam, gelöst werden.

Das Geheimnis der Versöhnung oder meine erste Beichte

Auch ich gehöre zu diesem „Volk"

Eine riesige, kalte und feierlich weiß schimmernde Kirche. 6.00 Uhr morgens. Bald beginnt der Gottesdienst. Im linken Teil der Kirche ist eine große und bunt gemischte Menge von Pilgern versammelt. Unter ihnen viele Frauen, die einfache, ärmliche Kleider tragen, um den Kopf Tücher geschlungen, die bis zu den Augenbrauen reichen. Einige kamen von ganz weit her: aus der Ukraine, aus Kasachstan, aus dem fernen Sibirien. Monate- und jahrelang haben sich diese Frauen auf die Reise ins Kloster vorbereitet, zur Quelle der Gottesmutter: Sie haben Geld zurückgelegt, gebetet, ausgeharrt bis sie sich, trotz der Schwierigkeiten eines mit Sorgen überladenen Lebens, den geheimsten Wunsch ihrer Seele verwirklichen konnten: eine Reise ins Kloster, zu den heiligen Orten, zu den scharfsinnigen Starzen und zu den wunderbaren Reliquien.

Monate- und jahrelang konnten sie nicht zur Beichte und zur Kommunion gehen. In den riesigen Weiten Rußlands sind heute nur wenige Kirchen übriggeblieben, und Priester gibt es noch weniger.

Auch Männer sind hier, auch sie aus dem einfachen Volk, Gesichter, die man in den Städten selten antrifft, wohl aber in den russischen Dörfern; in der Tiefe des Hinterlandes hat sich dieser Typ des Gesichtes nicht abgenutzt. Es ist als ob er herausgetreten wäre aus dem Bild eines russischen Malers aus dem 19. Jahrhundert. Diese

Menschen, in Lumpen gekleidet, die jetzt mit reuevoll gesenkten Häuptern wie versteinert vor dem Priester stehen, der sie auf die Beichte vorbereitet, eben diese Menschen haben mich auch veranlaßt, zum ersten Mal in meinem Leben mit Ernst und Achtung das von allen Demagogen auf der ganzen Welt so abgedroschene und mißbrauchte Wort auszusprechen: „Volk". Erst hier in der Kirche verstand ich, was „Volk" bedeutet. Nur in Gott kann das Volk wirklich Volk sein. Und damals wurde mir auch endgültig klar, daß ich jetzt nicht mehr allein bin, daß auch ich zu diesem Volk gehöre, weil diese unbekannten Menschen mir verwandter waren als alle anderen im Lande.

Vater Hermogen sprach mit ernsten Worten über die Sünde. Alle, die sich zur Beichte versammelt hatten, weinten lautlos. Nur ein Mann konnte sein bitteres Schluchzen nicht zurückhalten, seine Betrübnis und sein Kummer waren in der ganzen Kirche zu hören. Dieser Pilger war in ganz alte Lumpen gekleidet, sein rechter Arm fehlte und auch der linke war bis zum Ellenbogen abgehauen. Mit dem übriggebliebenen Stumpf des linken Arms machte er trotzdem das Kreuzzeichen auf seine Weise, er bekreuzigte sich oft und heftig.

Wir wußten fast gar nichts

Ich war gekommen, um zum ersten Mal in meinem Leben zu beichten. Erst vor kurzer Zeit war ich durch die Gnade Gottes eine Christin geworden. Weder vom Christentum noch von der Kirche hatte ich tiefere Kenntnisse – wer hätte mich denn auch darin unterrichten können? Ich und meine neubekehrten Freunde, denen es ähnlich ging, wir lernten alles „nach und nach", indem wir unsere alten Frauen nachahmten, die die orthodoxe Strenggläubigkeit eifersüchtig hüten. Wir wußten nichts. Aber wir hatten das, was man in unserer Zeit vielleicht mehr schätzen muß als Wissen: ein grenzenloses Vertrauen in die Kirche, den Glauben an jedes ihrer Worte, an jede Bewegung und Forderung. Noch gestern hatten wir jede Autorität und alle Normen abgelehnt. Heute begriffen wir die uns widerfahrene Rettung als Wunder. Wir nahmen unsere Kirche an als unzweifelhafte, absolute Wahrheit, sowohl in Kleinigkeiten als auch in der Hauptsache. Gott hat uns verwandelt und uns die Kindheit geschenkt: „Wenn ihr nicht werdet wie die Kinder, werdet ihr nicht in das Himmelreich eingehen."

Ich wußte nur, daß es notwendig ist, zur Beichte und zur Kommunion zu gehen. Ich wußte, daß sowohl die Beichte als auch die Kommunion hohe Sakramente sind, die uns mit Gott versöhnen und sogar mit ihm vereinigen: wirklich mit ihm vereinigen in der ganzen Fülle, sowohl physisch als auch geistig-seelisch. Formell getauft worden bin ich schon in der Kindheit, von meinen ungläubigen Eltern. Ob sie das aus Tradition getan haben, oder ob sie jemand dazu überredet hat – das habe ich aus ihren Erklärungen nicht herausbekommen. Jetzt im Alter von 26 Jahren ist mir beschieden, die Gnade der Taufe zu erneuern.

Wie eine hart gewordene Kruste

Ich wußte, daß der Priester selbst – der bekannte Beichtvater Hermogen – mir Fragen stellen und die Beichte „leiten" würde. Als ich am Tag zuvor in dem kleinen Büchlein las, um mich auf die Beichte vorzubereiten, entdeckte ich, daß ich alle alttestamentlichen und neutestamentlichen Gebote übertreten hatte. Aber auch unabhängig davon war mir klar, daß mein ganzes Leben voll war von Sünden der verschiedensten Art, von Vergehen und widernatürlichen Verhaltensweisen. Sie verfolgten und quälten mich jetzt nach meiner Bekehrung, lagen wie eine schwere Last auf meiner Seele. Und wie konnte ich früher nicht sehen, wie abscheulich, dumm und wie langweilig und steril die Sünde ist! Irgendeine Binde lag mir von Kindheit an auf den Augen. Ich verlangte nach der Beichte, weil ich schon mit meinem ganzen Inneren fühlte, daß ich die Befreiung erhalten würde, daß jener neue Mensch, den ich vor kurzem in mir entdeckt hatte, vollständig siegen und den alten Menschen vertreiben würde. Ich fühlte mich von eben jener Minute meiner Bekehrung an innerlich geheilt und erneuert, aber so, als ob ich irgendwie bedeckt sei von einer Kruste aus Sünde, die fest an mich gewachsen und hart geworden war. Deshalb verlangte ich auch nach der Beichte, wie nach einer Waschung. Und ich erinnerte mich an die wunderbaren Worte des Psalms, den ich erst vor kurzem auswendig gelernt hatte: „Besprenge mich mit Ysop, und ich werde rein, wasche mich ab, und ich werde weißer als Schnee."

Die Erfahrung eines Wunders

Und da kam ich an die Reihe. Ich trete heran, küsse das Evangelium und das Kreuz. Natürlich habe ich, weil ich in meinem Inneren Entsetzen und Beklommenheit spüre, Angst zu sagen, daß ich das erste Mal beichte. Vater Hermogen fängt an, zu fragen:

„Wann bist du nicht in die Kirche gegangen? Welche Feiertage hast du absichtlich versäumt?"

„Alle", antworte ich.

Da versteht Vater Hermogen, daß er es mit einem Neubekehrten zu tun hat. Neubekehrte kommen in letzter Zeit in großer Zahl in die russische Kirche, und ihnen gegenüber muß man sich anders verhalten.

Er beginnt nach den schrecklichsten, den „größten" Sünden in meinem Leben zu fragen, und ich muß ihm meine ganze Biographie erzählen: ein Leben, gegründet auf Stolz und Ruhmsucht, auf überheblicher Verachtung den

Menschen gegenüber. Ich erzähle von meiner Trunksucht und meinem ausschweifenden sexuellen Leben, von meinen unglücklichen Ehen, von den Abtreibungen und von der Unfähigkeit, jemand zu lieben. Ich erzähle auch von dem folgenden Abschnitt meines Lebens: von der Beschäftigung mit Yoga und von dem Wunsch nach „Selbstverwirklichung", Gott zu werden, ohne Liebe, ohne Reue. Ich spreche lange, wenn auch mit Mühe. Die Scham hindert mich, Tränen nehmen mir den Atem. Am Ende kommt es wie von selbst: „Ich will für alle meine Sünden leiden, wenigstens ein bißchen von ihnen gereinigt werden. Geben Sie die Lossprechung, bitte!"

Vater Hermogen hört mir aufmerksam zu, unterbricht mich kaum. Dann seufzt er tief und sagt: „Ja, schwere Sünden."

Ich erhielt die Lossprechung durch Gottes Barmherzigkeit, wie mir schien, ganz leicht: fünf Mal täglich sollte ich für die Dauer einiger Jahre das Gebet sprechen, jeweils mit einer tiefen Verbeugung bis zur Erde: „Jungfrau und Gottesgebärerin, freue dich."

Diese Lossprechung war für mich eine große Stütze, all die folgenden Jahre hindurch. Unsere Sünden (das Leben meiner neubekehrten Freunde war von dem meinen kaum verschieden) schienen uns irgendwie völlig ungeheuerlich, deshalb war es uns auch so schwer zu glauben, daß sie so einfach, mit einer „Handbewegung" des Priesters verschwinden könnten. Aber wir hatten bereits die Erfahrung des Wunders: Jeder von uns war aus dem Nichts einer sinnlosen und an Verzweiflung grenzenden Existenz in das Haus des Vaters gekommen, in die Kirche, die für uns das Paradies war. Wir wußten, daß für Gott alles möglich ist. Das half uns zu glauben, daß die Beichte die Sünde vernichtet. Und die Starzen sagten auch: Denkt nicht mehr daran. Ihr habt gebeichtet und das reicht. Wenn ihr jetzt noch immer daran denkt, sündigt ihr nur aufs neue.

Im Zusammenhang mit der ersten Beichte hatten meine

Freunde auch fast alle „komische" Erlebnisse. Eine junge Frau namens Larissa, Malerin und Schauspielerin, beichtete zum ersten Mal bei einem sehr alten Mönch. Die Reihe derer, die zur Beichte anstanden, war lang, eine Menge alter Frauen füllte die Kirche bis zum Äußersten, so daß die Beichte – bei der lauten Stimme des Mönchs – für viele zu hören war. Der Mönch begann sich an Larissa zu wenden, mit einer Frage, die typisch ist für Beichtgespräche, wie sie heute in Rußland geführt werden.

„Hast du dich mit Zauberei befaßt?" war die erste laut ausgesprochene Frage. In Rußland beschäftigen sich viele mit Zauberkünsten ganz verschiedener Art, darin zeigt sich die mangelhafte christliche Bildung und die Unkenntnis des Evangeliums.

„Ja, ich habe mich mit Zauberei befaßt", antwortete meine Freundin, die seinerzeit an spiritistischen Sitzungen teilgenommen hatte.

„Hast du gestohlen?"

„Ja", antwortete Larissa, wobei sie sich erinnerte, daß sie schon als Kind ihrer Tante ein Glas Marmelade gestohlen hatte.

„Hast du getötet?" – die dritte schreckliche Frage des Mönchs.

Und Larissa antwortete ganz in sich zusammengesunken: „Ja". Abtreibungen sind die schreckliche Geißel der überlasteten russischen Frau der Gegenwart.

Die alten Frauen ringsum fingen an den Kopf zu schütteln, man konnte Seufzer des Erstaunens hören. Sogar der alte Mönch geriet in Bestürzung.

„Nun, du solltest dich wenigstens zurückhalten, meine Tochter." Wahrscheinlich war er zum ersten Mal mit einem neubekehrten Menschen konfrontiert, und er ahnte nicht, wer vor ihm stand.

Alles geschah vor zehn Jahren, als der Prozeß erst seinen Anfang nahm, ein Prozeß, den man heute als „russische religiöse Renaissance" bezeichnen könnte. Im Laufe dieser Jahre schickte Gott, der Herr, Rußland Dutzende von Seelsorgern, die es wagten, sich der Jugend anzunehmen. Es ist klar, daß ihr Weg ein Weg des Martyriums war, von Anfang an. Die Behörden fürchten nichts so sehr wie die Neubekehrten, die neuen Menschen, die in die Kirche eingetreten sind. Gebildet und voller Lebenskraft lehnen sie nicht einfach nur verbal jegliche „sowjetische Lebensweise" ab, sondern sie schaffen eine eigene, wirkliche, schöne und gerechte Welt. Sie verändern die Erde durch die Kraft des Glaubens und der Liebe.

Die russische Kirche zieht heute, obwohl sie nicht die Möglichkeit hat, „in die Welt hinauszugehen", die Allerbesten in Rußland an sich, trotz des „geknebelten Mundes", trotz der Beschränkungen und Verfolgungen.

Viele russische Priester freuen sich von ganzem Herzen, daß „die Steine angefangen haben zu sprechen", daß die Generationen der Ungläubigen und Atheisten jetzt in die Kirche gekommen sind. Aber nicht alle können es sich erlauben, zu zeigen, daß sie auf der „Höhe der Zeit" sind, das Kreuz der geistig-seelischen Führung dieser Jugend auf sich zu nehmen. Und dennoch haben sich Dutzende von Seelsorgern den Neubekehrten gewidmet. Sie wurden unsere liebevollen und weisen Lehrmeister. In Rußland waren die Beichtväter und die geistigen Väter nie voneinander getrennt, deshalb wurden unsere Beichtväter oft auch unsere geistigen Väter, und das Wirken des Heiligen Geistes wurde besonders darin spürbar, daß einfache, bisweilen ganz junge Priester sich in echte geistige Führer verwandelten, Starzen wurden.

Was mit Jewgenij geschah

Unser Beichtvater „arbeitete" mit jedem von uns auf verschiedene Weise, er erfühlte das „Geheimnis" eines jeden Menschen und den besonderen Plan Gottes mit ihm. Er war ein geschickter Arzt für unsere Seelen, auch wenn wir erst nach einigen Jahren die Ergebnisse seiner Behandlung entdeckten. Mir kommt in den Sinn, was mit Jewgenij geschah: Jewgenij, der sich für das „christliche" Philosophieren begeisterte, wobei er eine nicht sehr originelle Theorie bezüglich der christlichen Freiheit erfand. Man konnte sie in folgende Worte zusammenfassen: „Gott existiert – alles ist erlaubt." Dabei berief sich Jewgenij auf einige Stellen des Galater-Briefes und des Briefes an die Römer des Apostels Paulus.

Sein Leben wich nicht von seiner Theorie ab, – seine Don Juansche Liste wuchs von Tag zu Tag. Gekränkte und verlassene Frauen kamen zu Jewgenijs Freunden, darunter auch zu mir, um sich zu beklagen. Sie sagten: „Er glaubt doch an Gott, wie kann er sich so verhalten?" Ich meinte damals, daß unser gemeinsamer Beichtvater, Vater L., vielleicht nichts über Jewgenij wisse, weil Jewgenij oft vor ihm beichte, aber nie von seinen Abenteuern erzähle und Vater L. ihn darüber nicht ausfrage. Eines Tages fragte ich Vater L. direkt, ob er von dieser dunklen Seite im Leben Jewgenijs wisse? Der Beichtvater wußte natürlich von allem. Er antwortete mir so: „Jewgenij ist ein sehr kranker Mensch. Und seine Krankheit liegt tiefer als dieses sichtbare ausschweifende sexuelle Leben. Mit ihm muß man lange arbeiten". Es vergingen zwei Jahre. Jewgenij ist jetzt verheiratet und dankt in seinen Briefen an mich ständig Gott für das große Wunder der Liebe, das sich ihm in der Ehe auftat. An alles „Vergangene" erinnert er sich mit tiefer Reue. Was mit Jewgenij geschah, ist typisch. Die Beichte ist ein hohes Sakrament und eine hohe Kunst und Gott, der Herr, schickt seiner Kirche echte Ärzte, Priester, die „genial" sind, in dem, was sie tun. Viele unserer Priester-Beichtväter sind ganz einfache, halb gebildete „Dorfpriester". Aber sie sehen in das Innere des Menschen, ohne sich zu täuschen, und deshalb beherrschen sie in Vollendung die notwendigste aller Künste, die Kunst der Unterscheidung der Geister. Ja, die russischen Priester erkannten das Zeichen der Zeit, und sie zeigten sich den der Kirche gestellten Aufgaben gewachsen. Es kamen sogar ganz besonders geschickte unter ihnen zum Vorschein, als ob sie vorherbestimmt seien, die Sünden unserer gottlosen Zeit herauszuhören. Gerade diesen gelang es, die neuen Dämonen des Nihilismus zu erfassen.

Wir lernten unerbittlich sein

Nie aber ging die Kirche den Weg des „Nachgebens", nie hörte ich, daß in der russisch-orthodoxen Kirche die moralischen Forderungen gesenkt worden wären, die moralischen Forderungen, die dem Menschen nur deswegen gestellt werden, weil wir im Jahrhundert der „Umwertung der Werte", der „sexuellen Revolution" usw. leben. Für uns Neubekehrte war es schwer, dieses neue Leben in seiner ganzen Fülle anzunehmen. Wir waren weder an das Fasten noch an das regelmäßige Beten gewöhnt, auch nicht an das ständige reumütige Bekenntnis. Wir waren es nicht gewohnt, nicht die anderen zu beschuldigen, sondern uns selbst, wenn etwas schiefging. Aber das lernten wir allmählich, und wir fühlten in allem die Unterstützung Gottes und der Kirche. Auf der anderen Seite gefiel es uns sehr, daß die Kirche die Wahrheit predigt, die einmal und für immer von Gott gegeben ist, daß die Gebote Gottes nicht den einzelnen Veränderungen unterworfen sind, die die Zeit mit sich bringt. Uns gefiel der Maximalismus der christlichen Verkündigung: Es lohnte sich nur wegen der

Dinge zu leben, für die man sterben wollte und konnte. Wir lernten unerbittlich zu sein hinsichtlich unserer Sünden, und wir lernten, die Wurzel der Unreinheit selbst zu vernichten. Es war zum Beispiel schwer, freie Beziehungen zu einem geliebten Menschen „sexuelle Ausschweifung" zu nennen, was sie auch waren. Man wollte sich rechtfertigen: Welche Sünde sollte das denn sein, wir lieben uns doch. Aber ungeachtet aller möglichen und üblichen Sichtweisen ruft das Christentum auf zur Auswahl und zur Vollkommenheit: „Seid vollkommen, wie Euer Himmlischer Vater vollkommen ist." Und an dieser Vollkommenheit nimmt nicht nur die Seele teil, sondern auch der Körper. Jeder seiner Seufzer, jede seiner Bewegungen soll Gott gewidmet sein.

Die Höhe der Forderungen im orthodoxen Glauben verbindet sich mit seiner ungewöhnlichen Flexibilität und seiner Milde dem Menschen gegenüber. Wie ist dieser Widerspruch lösbar? Nur durch die Liebe. Die konkrete, weise Liebe, die nicht ihresgleichen sucht. Eine solche Liebe finden wir bei unseren Seelsorgern, die mit der Gnade ausgestattet sind, uns die Freiheit zu schenken. Sie haben uns befreit von dem schweren, bedrückenden „karmischen" Joch unserer Vergangenheit, sie haben das vollbracht, von dem die Menschen nichtchristlicher oder pseudochristlicher Kulturen nicht einmal zu träumen wagten. Wieviel ist in unterschiedlichen Philosophien darüber geschrieben worden, daß es unmöglich sei, die Zeit zurückzudrehen, daß es unmöglich sei, das zu besitzen, „was war". Mit dieser Frage quälten sich Nietzsche, Heidegger und Proust, quälen sich noch heute sehr tiefe Geister und Künstler.

Ihr Unglaube macht sie zu Sklaven des einmal Geschehenen. Sie wissen nicht, daß auch sie Kinder Gottes sind, daß sich auch in ihrem Leben ein Wunder ereignen kann: daß auch sie Gott mit seiner Liebe zu treffen vermag, wie er uns alle einst getroffen hat.

Vater Leonid

Die geistliche Autorität

Seit ich im Westen lebe, ist mir klargeworden, daß die Glaubenskrise hier größtenteils daher rührt, daß es keine oder fast keine wahren Geistlichen, keine echten Seelsorger mehr gibt, die wirklich heilen und guten Rat geben können, die wirkliche geistliche Autorität besitzen und Ja bzw. Nein in Vollmacht aussprechen.
Welch eklatanter Unterschied zum heutigen Rußland! Dort wird die Priesterwürde unvorstellbar hoch geachtet.

Es gibt in Rußland – sowohl in den Städten als auch in ländlichen Gebieten – sehr, sehr viele „Batjuschki" (eigentlich „Väterchen"; liebevolle Bezeichnung eines Priesters, Anmerkung des Übers.), die ihre Gemeinden mit viel Liebe und Hingabe betreuen und dafür sorgen, daß die Gesellschaft nicht völlig verroht. Und das ganze Volk liebt sie innig: die Gläubigen begegnen ihrem Hirten mit großer Ehrfurcht, und selbst von Atheisten, die übrigens schon lange nicht mehr „militant" sind, kann man immer öfter ein anerkennendes Wort hören, wenn von einem Priester die Rede ist.

Nach der Fernsehsendung, in der Vater Dimitrij Dudko ein öffentliches Reuebekenntnis ablegte, hatte ich Gelegenheit, die Unterhaltung zweier Arbeiter bei einem Glas Bier zufällig mitanzuhören. „Hast du gestern Fernsehn geschaut?" fragt der eine den anderen. „Da ist einer weich geworden. Und ausgerechnet ein Priester!"

Die neubekehrten Intellektuellen, die einst das Leben in vollen Zügen genossen und die Freiheit vergöttert hatten, anerkennen die Autorität des Priesters (ich betone: die Autorität!) ebenso wie der einfache Mann aus dem Volk. Viele fahren in die Klöster, um zu beichten und den weisen Rat der Starzen zu hören. („Starez" ist ein Ehrentitel und heißt „der Alte". Wer die Heiligkeit, Würde und Weisheit der Alten hat, dem kann dieser Ehrentitel zuteil werden.) Zu ihnen fuhren noch im 19. Jahrhundert die Schriftsteller Gogol und Dostojewskij, die Philosophen Kirejewskij und Leontjew. Damals waren die Mönche des einsam gelegenen Klosters Optina besonders bekannt. Aber bereits im letzten Jahrhundert war die russische Intelligentsia mit einigen wenigen Ausnahmen positivistisch und materialistisch gesinnt. Heute jedoch besteht ein allgemeines Interesse an geistlichen Fragen. Zu den Mönchen des kleinen Höhlenklosters Christi Verklärung bei Riga pilgern jetzt Abertausende junger, denkender Menschen. Die Klostermönche sind die besten Seelsorger in Rußland. Aber es gibt auch Gemeindepfarrer, welche die Gabe besitzen, Menschen von der Macht der Sünde zu befreien und sie zu einem vollkommenen Ebenbild Gottes zu formen. Nicht alle Gläubigen haben einen Seelsorger, denn es gibt nicht genug Priester. Aber alle orthodoxen Christen bemühen sich um einen solchen. Vor sechs Jahren fanden wir unseren Seelsorger Vater Leonid.

„Kommen Sie nach dem Gottesdienst zu mir!"

Das kam ganz überraschend für uns, obwohl wir schon lange nach einem Priester gesucht hatten, der uns im geistlichen Leben anleiten sollte. Als die Jugend wieder in die Kirchen kam, freuten sich die Geistlichen, aber sie fürchteten uns auch. Denn es ist ja bekannt, wie das Leben eines Priesters endet, der von jungen Leuten umgeben ist: zuerst wird er, wie beispielsweise Vater Dimitrij Dudko, aufs Land versetzt, weiter weg von der Stadt. Gewöhnlich fruchtet diese Maßnahme aber nichts, denn an den Wochenenden kämpfen sich Unmengen von jungen Leuten zu ihrem Hirten vor; weder die holprige Fahrt in überfüllten Bussen noch die unwegsamen schlammigen Dorfstraßen können sie abschrecken. Wenn ein Priester sich von Drohungen, Warnungen, Intrigen und Verrat nicht einschüchtern läßt und auch weiterhin ein echter Hirte seiner Herde bleibt, der „das Leben läßt für seine Freunde", dann wird die äußerste Strafmaßnahme angewandt, und er wird verhaftet. Es folgen lange Jahre im Gefängnis, die auch Frau und Kindern die Existenzgrundlage rauben; sie müssen den Leidenskelch bis zur bitteren Neige leeren.

Es ist eine besondere Gnade Gottes nötig, damit sich ein Geistlicher dazu entschließen kann, den Weg des Märtyrertums zu gehen. Deshalb waren wir nie versucht, ihre „Leidensscheu" zu verurteilen, sondern wir begriffen, daß wir selbst ja gar keinen geistlichen Vater verdienten.

Aber dennoch verließ uns Gott auch hier nicht. Ich erinnere mich noch genau an jenen Abend, als wir unseren Seelsorger fanden. Die Kirche war völlig überfüllt. Es war so eng, daß man das Gefühl hatte, gleich erdrückt oder zertrampelt zu werden. Die Kerzen flackerten feierlich und hell, und vom Opferkasten wurden immer mehr Kerzen zu diesem Festtag nach vorne gereicht: für den hl. Nikolaus, für die Himmelskönigin, für den Heiland, für die Muttergottesikone „Freude aller Betrübten".

Und trotz der Unruhe, der Enge und Hitze war das Kirchengebet ungewöhnlich inständig; der Jubel und die Freude über die Wundertaten Gottes kamen aus offenem, ehrlichem Herzen.

Der Priester trat heraus und stellte sich, das Gesicht dem Altar zugewandt, mitten unter die Gläubigen. In seinem silberbestickten, funkelnden Gewand glich er einem Engel, der vom Himmel auf die Erde herabgestiegen war.

Die Gläubigen traten dann zur Salbung in aller Stille auf den Priester zu. Dieser hielt in der einen Hand eine kleine Quaste, die er ins heilige Öl tauchte und damit das Kreuz auf die Lippen der Hinzugetretenen zeichnete. Dabei sprach er leise die Worte: „Im Namen des Vaters und des Sohnes und des Heiligen Geistes." Wenn die Betenden ihm daraufhin die Hand küßten, fügte er hinzu: „Ein frohes Fest!"

Sein glänzendes Gewand zeugte vom Fest der Verklärung, aber mir wurde klar, daß selbst die Lumpen, in die viele unscheinbare alte Frauen gehüllt waren, die feierliche und würdige Festatmosphäre nicht zu stören vermochten. Alles war in eine überirdische Schönheit getaucht, und das junge Gesicht des Geistlichen strahlte Adel und Liebe aus.

Als ich und zwei meiner Freunde nach vorne gingen, um den Segen zu empfangen, sagte der Priester zu uns: „Kommen Sie nach dem Gottesdienst zu mir." Als wir nach dem Gottesdienst dann zu ihm gingen, machte er uns den Vorschlag, unser Seelsorger zu werden.

Im ersten Moment war ich völlig verwirrt: Wie? Weshalb? Wozu? Und wenn es am Ende eine Provokation wäre? Wurde er etwa extra dazu hergeschickt? Wie kommt er überhaupt dazu, uns, die er doch kaum kennt, so ernste Vorschläge zu unterbreiten? (Vater Leonid kannte uns durch seinen Psalmsänger Boris, der früher einmal ein ärmlicher, unbedeutender Dichter gewesen war.) Und vor allem: wie wollte er denn uns, die wir doch ein so „kompliziertes" intellektuelles Leben führten, als ein einfacher und nur mittelmäßig gebildeter Priester anleiten?! Alle diese Zweifel jagten wie ein Wirbelwind durch meine Gedanken. Aber von einer unerklärlichen Macht getrieben, gab ich schon im nächsten Augenblick zur Antwort: „Ich bin einverstanden." Auch meine beiden Freunde akzeptierten Vater Leonid.

Ein Mensch, der sich ganz einem anderen zuwenden konnte

An jenem Abend erst begriff ich im Gespräch mit ihm, was ein Priester eigentlich ist. Ich hatte da einen Menschen vor Augen, der sich nicht nur halbherzig, sondern mit seiner ganzen Persönlichkeit und seiner ganzen Seele einem anderen zuzuwenden vermochte. Ich begegnete da einem Menschen, der sich nicht etwa für die „Rollen" interessierte, die ich im Leben spielte, oder auch nur für meine Vorstellungen vom Leben, sondern für mich ganz persönlich, für mein konkretes Ich, das ich doch immer verborgen gehalten hatte, weil ich dachte, es interessiere niemanden.

Wir in Intellektuellenkreisen hatten uns ja schon daran gewöhnt, kritische Äußerungen über Bücher und Ereignisse, aber oft auch über Menschen zu machen. Vater Leonid hingegen verurteilte niemals oder redete auch nur gleichgültig von jemandem. Von allen sprach er stets wie von eigenen Kindern, ohne jene Sentimentalität und Verblendung, die so typisch für leibliche Eltern sind.

Er war zwar kein „Intellektueller", aber er verwies die Dichter unter uns mit großer Treffsicherheit auf überflüssige Worte, Koketterie oder Unwahrhaftigkeit in ihren Gedichten. Ich hatte schnell begriffen, daß er die Geister zu unterscheiden wußte. Eine scheinbare Nebensächlichkeit oder ein falscher Unterton genügten ihm, um unfehlbar Rückschlüsse auf die zugrunde liegende Krankheit ziehen zu können. Für unsere Heilung brachte er viel Geduld auf. Er nahm sie, von uns fast unbemerkt, in aller Stille vor.

Während der Chruschtschow-Ära wurde Vater Leonid vom KGB vorgeladen. Man legte ihm nahe, auf sein Priesteramt zu verzichten, wie dies in jener Zeit grausamer und blutiger Verfolgungen sehr viele Priester taten. Man sagte ihm: „Sehen Sie es doch endlich ein! In die Kirche kommen ja doch nur ein paar alte Frauen, die auch bald wegsterben. Und dann ist Ihr Beruf sowieso überflüssig." Vater Leonid blieb damals fest. Und plötzlich, nach zehn Jahren, kamen wieder junge Leute in die Kirche, auch die Intelligentsia, Dichter, Schriftsteller, Wissenschaftler und Philosophen! Niemand hätte je geglaubt, daß so etwas möglich würde!

Vater Leonid liebte talentierte Menschen. Er verlangte von den Dichtern, „zur Ehre Gottes" weiterhin schöpferisch tätig zu sein und „ihre Talente nicht in der Erde zu vergraben". Überhaupt hatte er die Intelligentsia gern und war wie geschaffen dafür, uns nach und nach von allem Überflüssigen, Störenden und Sündhaften zu befreien. Er hatte es nämlich mit Leuten zu tun, die unter Größenwahn litten, mit „verkannten Genies", mit krankhaft eitlen und gespaltenen Persönlichkeiten, mit Menschen, die geliebt werden wollten, aber selbst zur Liebe unfähig waren. „Eine solche Intelligentsia gern zu haben ist schwieriger, als seine Feinde zu lieben", sagte einmal ein Freund von mir, ein Italiener. Selbstüberheblichkeit, Minderwertigkeitskomplexe, die untersten finsteren und neurotischen Schichten der Persönlichkeit – all das wurde jedoch immer weiter abgebaut, je mehr diese Leute ins kirchliche Leben hineinwuchsen und darin reiften.

Wenn Vater Leonid bei der Beichte etwas Wichtiges zu hören bekam, stand er oft mit angestrengtem Gesichtsausdruck eine Weile gedankenverloren da. Dann sagte er schließlich: „Ich muß noch darüber beten und mich mit der Matuschka (Frau eines orthodoxen Geistlichen, der Übers.) beraten. Wenn du das nächste Mal kommst, werde ich dir alles sagen." Er hatte es nie eilig, einen Menschen zu bessern. Es gab unter uns Neubekehrten auch einige, die sagten: „Vater Leonid ist zu gutmütig, er läßt alles zu." Denn die jungen Leute, die eben erst zum Glauben an Gott gekommen waren, wollten natürlich ihr ganzes Leben sofort radikal und endgültig verändern. Tief gefallen, gequält von alten Sünden und Verbrechen, dürsteten sie danach, sich durch Leid, durch harte, echte Kirchenbuße zu reinigen. In diesem Verlangen lag natürlich jener glühende Glaubenseifer, ohne den das Christentum in eine indifferente, säkularisierte Ideologie abzugleiten droht. Aber es lag auch eine Gefahr darin, nämlich Ungeduld des Herzens, Unfähigkeit zu an- und ausdauernder Arbeit an sich selbst, Überspanntheit und leichte Erregbarkeit. Außerdem kam dabei auch der typisch russische Charakter zum Vorschein: Wie Oblomow (Romanfigur von I. A. Gontscharow, der Übers.) ist der russische Mensch bereit, für seine geliebte Idee zu sterben, wenn er sich dazu nur nicht vom Fleck zu rühren braucht!

Eine vollendete Ikone Gottes schaffen

Als wahrer Geistlicher und echter Seelsorger wußte Vater Leonid um all das, und er handelte sehr vorsichtig, von uns zunächst oft gar nicht bemerkt. Schrittweise wurde er dann immer anspruchsvoller und richtete seine Aufmerksamkeit auf jede Kleinigkeit, auf jeden falschen Unterton, auf jede Geste, jeden Blick.

Vor allem kämpfte er gegen unseren Hochmut. Als er zum Beispiel erfuhr, daß ich mich mit zwei gläubigen, aber der Kirche fernstehenden Menschen einen ganzen Abend lang gestritten hatte, sagte er zu mir: „Denk daran, du hast kein Recht zu streiten, du kannst höchstens einen Rat geben. Wenn diese Leute sich nun endgültig von der Kirche abwenden, so ist das deine Schuld."

Er half mir auch, falsches Mitleid abzulegen. Ich hatte eine Bekannte, eine einsame, ruhelose, äußerst geschwätzige und egozentrische Frau. Sie saß stundenlang bei mir und redete, bis ich es fast nicht mehr ertragen konnte. Ich hatte aber nicht den Mut, sie zu unterbrechen oder ihr einmal ein hartes Wort zu sagen. Ich erzählte dem Batjuschka davon. Seine Antwort: „Du kannst Umgang pflegen mit wem du willst, aber es darf nicht zum Selbstmord werden. Selbstmord ist Sünde. Denk daran, wie sich der barmherzige Samariter verhielt. Er hob den Menschen auf, verband seine Wunden, sorgte für einen Platz in der Herberge und ging seines Weges. In diesem Fall mußt du genauso handeln: Hilf diesem Menschen, soweit du die Kraft dazu hast, und geh deines Weges. Andernfalls werden seine Krankheiten am Ende stärker sein als ihr beide zusammen."

Der Heilige Geist arbeitet ja an einem Menschen, bis er vollkommene Gestalt gewonnen hat.

Und so wurde jeder von uns im Umgang mit diesem Seelsorger verändert. Wer früher zum Beispiel schroff und gehemmt war, wurde weicher und offener; wer geschwätzig war, gelangte zu innerer Sammlung. Die Menschen bekamen ein Gespür für das rechte Maß und wurden unwillkürlich schön. Eben darauf waren ja auch alle Bemühungen von Vater Leonid gerichtet – aus uns unförmigen Chaoten eine vollendete Ikone Gottes zu schaffen und uns zu helfen, zur Persönlichkeit zu werden.

Die erste Liebe

Geistiger Hunger

Ich öffnete mein Gebetbuch in der Metro und begann den Kirchengesang zu Ehren der Gottesmutter zu lesen. Neben mir saß ein junger Mann. Ich bemerkte, wie sich seine Augen in den Text bohrten; er las zusammen mit mir. Uns gegenüber saß ein Pärchen: zwei junge Leute. Sie entzifferten auf dem Einband: „Orthodoxes Gebetbuch". Höchst erstaunt und erregt warfen sie sich Blicke zu. Als ich den Zug verließ, stiegen auch die jungen Leute aus und liefen hinter mir her: „Wo kann man *das* bekommen? Sagen Sie es uns, bitte, wir zahlen jeden Preis dafür."

Was ich ihnen sagen konnte, war, daß ich selbst ein ganzes Jahr lang nach dem Gebetbuch gesucht hatte. Es ist bei uns noch schwerer zu finden als die Bibel.

In Rußland herrscht geistiger und seelischer Hunger. Wie ist dies zu erklären? Es ist mehr als nur die Reaktion auf den offiziellen Atheismus, es ist nicht nur ein Versuch, in eine andere Welt zu fliehen. Es ist auch nicht bloß als Suche nach dem Sinn des Lebens zu erklären – das wäre zu abstrakt. Auch nicht bloß Überdruß an der Ideologie, der Demagogie und der allgemeinen Lüge. Denn es ist etwas anderes als die Enttäuschung durch die säkulare Philosophie. Das, was in Rußland heute vor sich geht, ist ein Phänomen von weit größerem Ausmaß, unvorhergesehen und unerhört.

Daraus erklärt sich diese große Schnelligkeit der Bekehrung. Was unter normalen Umständen dem glänzendsten Prediger nicht gelingt, das bewirken bei uns stumme Dinge. Das erste Zitat aus dem Evangelium, in einem atheistischen Buch gefunden, kann ein ganzes Leben umstülpen.

„Kehrt um, denn das Himmelreich ist gekommen." Es gibt wahrscheinlich keinen Ort, an dem diese Worte des Herrn eine solche Kraft haben, wie im Rußland der Gegenwart.

Die Intelligentsia vollzieht die Reue

Besonders notwendig sind Umkehr und Reue im Kampf mit der Mutter aller Sünden, dem Stolz. Bekanntlich hat die Intelligentsia, mehr als alle anderen Leute, zu diesem Laster eine besondere Nähe. Sie ist in besonderer Weise versklavt von der Vorstellung eigener Genialität und Überlegenheit: „Es ist schwer für einen Reichen, in das Himmelreich einzugehen." Die Intelligentsia aber besitzt eine Menge Reichtümer und noch dazu solche, die man höchst ungern aufgibt: Fähigkeiten, Wissen, Talente. Außerdem ist die Intelligentsia vergiftet vom Kult einer renaissancehaft „weiten" Individualität. Und es ist für sie schwieriger als für andere, den engen Weg des Kreuzes und der Wahrheit zu gehen. Und dennoch ereignet sich all das! Zum ersten Mal geht die russische Intelligentsia in so großer Zahl und so aufrichtig, so ernsthaft in die Kirche! Die Intelligentsia vollzieht die Reue.

Interessant ist, daß der Eifer zu dieser Reue im heutigen Rußland so stark ist, daß er bisweilen in nihilistische Selbstzerstörung umzuschlagen droht. Viele geben nicht nur ihre offizielle Stellung und ihre Karriere auf, sondern wenden sich auch von der Kultur insgesamt ab, von den Büchern und von jeglichem Versuch, auf die Welt Einfluß zu nehmen.

Wladimir I., einst ein fähiger Logiker, der Stolz der Universität, schrieb, er könne sich nicht länger mit der Wissenschaft beschäftigen: „aus Gründen der Gesundheit“. Seine Lehrstuhltätigkeit gab er auf, nahm die niedrigstbezahlte Stelle eines Fahrstuhlführers an. (Bei uns arbeitet das halbe Seminar als Fahrstuhlführer.) Aber in unser Seminar kommt er nicht, und er geht auch in keine anderen Zirkel. Seine Bibliothek hat er unter seine Bekannten verteilt. An den Wänden seiner Wohnung hängen nur noch Ikonen, alle weltliche Malerei hat er abgenommen. Sowohl morgens wie auch am Abend ist er in der Kirche, in der übrigen Zeit ist es schwer, ihn zu sehen.

Ein anderes Beispiel ist Viktor M.: Der junge Mann hat eine glänzende Vergangenheit als Architekt und Schriftsteller, jetzt ist er „aus dem Leben“ verschwunden. Man sagt, daß er mit seiner Frau in ein weit entferntes Dorf gefahren sei, wo er als Wächter bei der Kirche arbeitet und nur noch mit Entsetzen an seine heidnische Vergangenheit zurückdenkt.

Ein Christentum ohne radikale Ansprüche verkommt ins Utilitaristische; es gibt aber auch einen anderen Maximalismus, der in Haß auf die von Gott geschaffene „Kreatur“ umschlagen kann. Nicht selten gibt es Gläubige, die sich mehr vor dem Teufel fürchten, als daß sie Gott lieben. Man trifft sie ebenso beim einfachen Volk wie unter den intellektuellen Neubekehrten. Gesagt werden muß aber, daß unsere Starzen und unsere Beichtväter selten zu diesem scharfen und radikalen Bruch mit der Welt ermuntern. Sie rufen vielmehr dazu auf, die Welt nicht zu verlassen, sondern sie umzugestalten. Man soll (soweit dies möglich ist) seine Tätigkeit nicht aufgeben, sondern in einen Dienst für Gott verwandeln.

In unsere Kirche kam eine Pilgerin aus der Ukraine. Sie wunderte sich darüber, daß hier so viele junge Leute waren. Noch größer wurde ihr Staunen, als sie erfuhr, daß unsere Eltern alle Atheisten sind. Sie brach in Tränen aus – ausgerechnet sie hatte ungläubige Kinder. Sie bat uns, für ihre Kinder zu beten, und sagte: „Betet doch wenigstens ein einziges Mal, euer Gebet geht bis zu Gott."

Ich war direkt und unmittelbar von Gott überzeugt und konnte mir doch nicht vorstellen, daß die Menschen Worte, Gesten und eine Sprache haben für den „Umgang" mit Ihm. Wenn mir doch Gott, der Herr, durch das Gebet erschienen ist, das von Ihm selbst gesprochen wurde, kann man dann noch Worte finden, die diesem Gebet ähnlich sind? Können sie darüber hinaus noch so sein, daß sie sich jeder Seele einprägen könnten, daß sie auch unserer Zeit entsprechen und ihre Probleme lösen könnten?

Ein ganzer Eisberg muß geschmolzen werden

Als Christus predigte, mußte er, um die Seele der Menschen zu erreichen, die Erfahrungen von Fischern verwandeln. Um in die Seele des modernen Menschen einzudringen, muß er einen ganzen Eisberg von Eindrücken schmelzen: er muß die Geschichte, die Bildung, die Politik, die Banalisierung des Lebens, den Verfall der Moral, den Ästhetizismus, die Revolution überwinden – wie vieles hat die Menschheit in diesen 2000 Jahren nicht angehäuft! Und es ist notwendig, wieder zu den klaren und hohen Zielgeboten der Seligkeit zurückzukehren: „Selig sind die, die reinen Herzens sind, denn sie werden Gott schauen!"

Was früher unglaublich schien, das geht in Rußland augenblicklich vor sich: sowohl das Evangelium als auch die heiligen Väter zeigen sich auf der Spitze des Eisberges; sie werden wieder gelesen. Und es ist eine äußerst moderne, äußerst intensive und eine unabdingbar notwendige Lektüre.

Heute ist in Rußland die Zeit angebrochen, in der sich

mit aller Kraft die Wahrheit offenbart, die von Christus sagt: „Er ist das *Leben.*"

In der Tat: Der sowjetische Mensch beschreibt heute seine gewöhnliche Welt- und Lebensempfindung oft mit diesen Worten: „Du gehst auf die Straße hinaus, und alles scheint gut: die liebe Sonne scheint, die Vögel zwitschern; aber Leben ist keines da." Die glücklichsten und fröhlichsten Menschen, diejenigen, die am meisten mit Freude erfüllt waren, sollte ich in den russischen Klöstern treffen. Der Atheismus verschwindet, wie der Tod verschwindet, wenn sich das Leben nähert. Ich erinnere mich an einen Priester, einen bescheidenen Menschen, auf dem Dorf lebend, der aber mit seinem Gebet nicht wenige Menschen geheilt hat. Er hat uns auch von diesem Ereignis erzählt: Da kommt eines Tages ein Kranker zu ihm, hoffnungslos krank, wie es schien – er hatte Krebs. Vater Wasilij fragte ihn: „Glaubst du an Gott?" Der Kranke antwortet: „Nein." Da fragte Vater Wasilij ganz einfach: „Willst du *leben?*" Die zustimmende Antwort des Kranken: „Ja!" Vater Wasilij hat auch diesen Kranken geheilt, denn jedes Dürsten nach Leben kommt vom Heiligen Geist, der „Leben spendet" und alles mit sich erfüllt.

Es ist keineswegs so, daß das sowjetische Leben bloß von einem gleichgültigen Atheismus bestimmt wäre. Es wird vielmehr von einem anonymen, unmenschlichen und von Eifersucht erfüllten „Schicksal" gelenkt. Als ich unter Studenten eine Befragung durchführte, da gab keiner zur Antwort, daß er an Gott glaube. Aber viele sagten, sie würden an das Schicksal glauben. Nirgendwo in der Welt glaubt man so an „Vorzeichen": einer zählt Ziffern auf der Straßenbahnfahrkarte zusammen und verschluckt den „glückbringenden" Fahrschein; viele beschäftigen sich mit ihren Horoskopen; alle möglichen Zigeunerinnen, Wahrsagerinnen und Zauberinnen haben Hochkonjunktur.

Das ist auch verständlich: Über die Gesellschaft ist ein

zähes Netz geworfen, ein Netz der Angst, des mangelnden Vertrauens in die eigenen Kräfte, der Unmöglichkeit, sein Leben zu verändern. Die Erfahrung totaler äußerer und innerer Gefangenschaft, völliger Versklavung, diese Dunkelheit und das Gehetztsein lassen die Menschen Zuflucht nehmen beim letzten Mittel – bei der Magie. Sie wollen Gott gnädig stimmen, nachdem sie ihn versklavt haben. Aber sie selbst verwandeln sich in Sklaven.

Einst lebten auch viele meiner Freunde so: mit diesem zitternden Glauben an das Schicksal. Das Christentum hat sie befreit. An die Stelle des Schicksalsgedankens setzt das Christentum den Gedanken des Kreuzes. „Das Kreuz ist für die, die untergehen, eine sinnlose Tat; aber für uns, die wir gerettet werden, eine christliche Kraft", sagt der Apostel Paulus. Das Schicksal macht den Menschen unfrei, stempelt ihn zum ewigen Schuldner. Der Mensch hat Angst davor, sich zu freuen. Das Kreuz aber befreit paradoxerweise, indem es auf die Schultern des Menschen Verantwortung legt. Das Schicksal verwandelt den Menschen in eine Sache unter Sachen, in ein Stäubchen, das beliebig manipulierbar ist. Das Kreuz spricht zu uns von der Unendlichkeit der göttlichen Liebe und davon, daß der Mensch sogar die Entscheidung Gottes verändern kann: Wie Gott einst Ninive verschont hat, so kann er auch jeden von uns verschonen. Das Kreuz spricht davon, daß das Gebet alles vermag. Meine Bekehrung führte mich in die Kindheit zurück.

Die Gnade der Schutzlosigkeit

Früher lebte ich, wie viele andere auch, aus der Gier: der Gier nach Wissen, Fähigkeiten, Büchern und Freunden. Ich hatte immer Angst, Zeit zu verlieren. Aber sie verging teuflisch schnell, jagte dahin wie eine verrückt gewordene Lokomotive, hinter deren Fenstern es unmöglich war, die

Landschaft zu unterscheiden. Das Gedächtnis behielt die Eindrücke nicht. Mit 25 Jahren hatte ich die Empfindung einer alten Frau. Ich fühlte mich, als ob ich alles probiert und alles erfahren hätte. Da geschah meine Bekehrung. Mir ist klar, daß Gott nicht nur meinen Verstand berührt hat, sondern auch die Seele und das Herz und meine ganze sinnliche Wahrnehmung. Ich fühle mich so wie einst in den schönsten Augenblicken der Kindheit. Die Seele ist rein geworden, sie wurde arglos und offen, sie konnte wieder staunen und hat ihren Panzer abgeworfen. Die Welt blickt mich auf neue Weise an, ganz unmittelbar, sie verwundet und sie macht froh. Es ist seltsam: ich erinnere mich nicht einmal mehr, wie ich noch vor wenigen Monaten in „erwachsenem" Zustand reagiert habe. Es ist, als ob die Haut von der Seele abgefallen wäre, als ob alle Schutzmechanismen verschwunden seien, mit denen ich einst mein inneres Leben vor den Menschen sicher verbarg. Wie Jahresringe wuchsen Wände aus Eis um mein eigentliches „Ich": Ironie, Selbstzufriedenheit, Snobismus, ein Gefühl der Gleichgültigkeit. Es gab eine strenge Hierarchie, nach der ich den Leuten ihre Plätze zuwies und sie unterschied: in solche, die mir gleichen – die Elite; und „den Pöbel", „die Herde" – alle übrigen. All das ist verschwunden. Ich wurde schutzlos. Aber wie gut das ist! Wie frei kann ich atmen! Seit ich Gott entdeckte, ist kein Tag für mich vergangen, an dem ich seine Abwesenheit oder sein Schweigen empfunden hätte. Das ist, so sagen unsere Beichtväter, ein Gottesgeschenk für die Neubekehrten – eine Flut der Gnade; so liebt man die ganz kleinen, hilflosen Kinder.

Die Prüfung der Starken

Aber ich habe ja auch anderes gehört. Mutter Onufria sagte mir, daß sie am Tag nach ihrer Einkleidung als Nonne aufgewacht sei, nicht nur ohne jede lebendige Empfindung der Anwesenheit Gottes, sondern auch mit einer Kälte in der Seele, die sagte, daß ihr ganzer Glaube nur Betrug sei, daß es niemals irgendeinen Gott gegeben habe und daß es keinen gäbe. Mutter Onufria, vorher eine Frau, die brennend und stark im Glauben war, fühlte sich nach ihrer Einkleidung als Atheistin. Und dieser Zustand der Gottverlassenheit dauerte mehrere Jahre. Gott war abwesend, und die ganze Welt ohne ihn verwandelte sich in eine dunkle, dumpfe Höhle. Mutter Onufria erzählte alles dem Starez. Dieser erklärte ihr, daß Gott eine solche Prüfung nur besonders starken, seinen auserwähltesten und geliebtesten Kindern schickt. Der Herr will, daß der Mensch selbst den Schritt in die Leere tun soll, daß seine Freiheit durch nichts gefesselt sei. Und es ist klar, daß die göttliche Gnade eine Stütze und folglich die Begrenzung unserer Freiheit ist. Gott will, daß wir ihn umsonst und für nichts lieben – ähnlich wie Er selbst uns liebt. Gott erhebt gleichsam den von Ihm Auserwählten zu seiner „Einsamkeit". Und er will, daß der Mensch nicht nur ein Sklave sei, und auch nicht nur sein Kind, sondern ein echter Freund. Dieses Durchleiden der Gottverlassenheit hat am stärksten Jesus Christus selbst auf Golgotha erlebt.

Eine neue Perspektive

Einschneidend hat sich unser Leben deshalb verändert, weil wir eine neue Perspektive gewannen: der Blick wandte sich von Äußerlichkeiten zum Wesentlichen, ins Innere. Wenn wir früher in all unseren Nöten und Problemen dazu neigten, der Gesellschaft, dem KGB oder der Revolution die Schuld zu geben, so wurde uns jetzt klar, daß wir selbst an vielem schuld sind, was unser Unglück ausmacht. Die endlosen und unfruchtbaren Klagen, die so typisch für russische Gespräche sind, hörten jetzt auf: „Wer ist schuld?", „Was können wir tun?" Es begann eine schöne Zeit, die Zeit der Errichtung eines neuen Lebens. Wir erkannten im Inneren, daß die Sowjetmacht sich nicht durch Waffengewalt hält, nicht durch den KGB, sondern durch die Angst und die Lüge. Ihre eigentliche Grundlage ist die verstümmelte Welt der Menschen. Unsere Klöster in der Tradition der heiligen Väter heißen „Heilanstalten" und die Priester „Ärzte": den Menschen heilen, der so schwer und schon so lange krank ist, das kann weder ein weltlicher Arzt noch der talentierteste Psychologe oder Psychoanalytiker; das können nur die Meister der „Künste", die selbstlosen Streiter für ein höheres Ziel, die Asketen: Menschen, die Tag für Tag als Sieger aus dem geistig-seelischen Kleinkrieg hervorgehen; Menschen, die die in der Welt verlorengegangene Kunst besitzen, „die Geister zu unterscheiden".

Die Ernte ist bereit

Vor kurzem bat man mich, in einer Musikschule für Erwachsene eine Vorlesung über die Philosophie des Existentialismus zu halten. Ich übte keinerlei Form von Druck auf die Hörer aus und sprach ganz unexpressiv. Ich bemühte mich, ihnen den Zustand innerer Ruhe zu vermitteln, und betete in den Pausen. Etwa 40 Personen waren im Auditorium, intellektuell auf die Thematik wenig eingestimmte Leute: Ingenieure, Physiker, Arbeiter. Das Alter schwankte zwischen 20 und 50 Jahren. Mein Vortrag wurde unwillkürlich zu einer Beichte: ich blieb beim Existentialismus nicht stehen, sondern ging zum Christentum über. Und da zeigte sich ein unerwartetes, geradezu verblüffendes Resultat: es stellte sich heraus, daß mein Vortrag ein Funke gewesen war, der das seit langem vorbereitete Reisig in Brand setzte. Ich erinnerte mich wieder an das Wort Jesu: „Die Ernte ist bereit ..."

Man ließ mich erst gegen Morgen gehen, keiner ging fort. Alle kreisten um die aktuellsten Fragen. Es schien, daß vor mir Menschen saßen, die nahe am Verdursten waren. Ich mußte buchstäblich von allem erzählen: warum das Martyrium für Christus froh macht und notwendig ist, was eine kirchlich geschlossene Ehe ist, aber auch über die Sünde des Selbstmords. Ich fing an mich zu schämen, daß so viele Leute um mich herum zugrunde gehen, ohne je die Chance gehabt zu haben, das Evangelium in die Hand zu nehmen. In den letzten Minuten beantwortete ich ihnen die Frage, wie und wo man sich taufen lassen könne. Gestern wurden in unserer Kirche drei junge Mädchen getauft, die unter den Zuhörern gewesen waren. Eine von ihnen hat einen bedeutenden und verantwortungsvollen Posten in ihrem Beruf. Ich sagte ihr, daß man ihrer Arbeitsstelle ganz bestimmt Mitteilung von der Taufe machen werde. Sie winkte nur mit der Hand ab und fing an fröhlich zu lächeln.

Meine Lektion

In der Beichte sprach mein Beichtvater zum ersten Mal streng mit mir. Er verbot mir auch zum ersten Mal etwas. Er untersagte mir, das Wort „ich" auszusprechen. Ich war gerade aus dem Kloster zurückgekehrt. Die wenigen Tage, die ich dort verbracht hatte, waren für mich verblüffend und unerwartet gewesen. Aber es ist offensichtlich: meine Seele ist ein Gefäß, das nicht darauf vorbereitet war, auf einmal so viel in sich aufzunehmen. Als ich in die Stadt zurückkehrte, war ich wie eine stark erhitzte, fliegende

Geschützkugel. Erfüllt von einem Strom in mir noch nie dagewesener Energie, fiel ich mit Erzählungen vom Leben im Kloster über Bekannte und Freunde her, – wie ich gebetet hatte, wie ich den Psalter gelesen hatte, wie ich fast nicht gegessen und fast nicht geschlafen hatte. Viele meiner Bekannten begeisterten sich dafür, wie mir schien. Sie äußerten selbst den Wunsch, unverzüglich in dieses Kloster zu fahren, um den „Heiligen Geist" zu finden. Nur mein immer gutmütiger Beichtvater reagierte ungewöhnlich. Er bemerkte den Hochmut in meiner Begeisterung. Und er verbot mir das Wort „ich".

Damals verstand ich ihn kaum. Aber dann hat mir Gott einige Frauen als Vorbilder gezeigt. Und ich habe erkannt, daß echte Schönheit still ist, fast stumm.

Was für Gesichter trifft man bisweilen in der Kirche! Gesichter, in denen keine einzige überflüssige Linie ist, nichts Körperliches. Es sind Gesichter wie Ikonen, Gesichter, auf denen in der reinen Flamme des Gebets alle Leidenschaft, jede Eitelkeit und Schwere verglüht ist. Da steht in unserer Kirche, immer in der entferntesten Ecke, eine unauffällige Frau. Sie spricht nie mit jemandem, kommt als erste in die Kirche und geht als letzte. In ihrem entkräfteten und glücklichen Gesicht leuchtende Augen. Es ist von einer so unvorstellbaren und gleichzeitig so versteckten Schönheit, daß man unwillkürlich an das Gleichnis vom verborgenen Schatz im Acker denkt, für den man alles andere weggibt. Schon lange wollte ich sie einmal ansprechen. Linkisch ging ich zu ihr hin, und ungeschickt fragte ich: „Und Sie stehen jeden Tag so hier?"

Ein sehr helles Lächeln huschte über ihr Gesicht: „Ich weiß von mir gar nichts."

Da hatte ich meine Lektion: Laufe nicht geschäftig hin und her, sei nicht neugierig, vergiß dich selbst.

Bei den Neubekehrten ist das Schuldgefühl sehr groß. Ihre Vergangenheit, in der sie schlechter als jeder Verbrecher lebten, weil sie alles erleben und selbst erproben wollten, quält sie – es gab ja keine Lehrmeister! Das Gefühl der Schuld – das ist ein neues, erhabenes Gefühl. Man darf es nicht verwechseln mit dem sowjetisch-kafkaesken Komplex einer universalen Schuld und eines Verdammtseins, das alle betrifft.

Der Bekehrung zum Christentum geht bei uns normalerweise eine Phase des Kampfes mit der falschen Schuld, mit der Angst und dem Mißtrauen voraus. All das ist das Ergebnis eines vollkommenen Totalitarismus. Der perfekte Totalitarismus braucht keine aufrichtig überzeugten Menschen. Im Gegenteil, eben diese vernichtet er, bevor er sich endgültig festsetzt. Der Totalitarismus feiert dann seine Triumphe, wenn alle von oben bis unten lügen. Die allgemeine Teilnahme an der Lüge, die Teilnahme an etwas Amoralischem, Falschem, schafft auch die Illusion der Stärke. Es scheint, daß die Macht ewig und unerschütterlich ist. Das Volk ist in Hoffnungslosigkeit getaucht. Über der Bevölkerung herrscht uneingeschränkt die drückende Atmosphäre der Hoffnungslosigkeit. In diesem geistig-seelischen Vakuum ist es am allerwichtigsten, am Anfang das Gefühl der eigenen Würde zu finden, den „Komplex der Anständigkeit", das, was Solschenizyn nannte: „Nicht mit der Lüge leben."

Daher haben die Dissidenten auch den Kampf für die „Menschenrechte" begonnen. Die Oppositionellen haben es sich zur Aufgabe gemacht, sich dem Versinken des Volkes in die Hoffnungslosigkeit zu widersetzen, den Willen zum Kampf zu wecken. So trachten heute in Rußland „die Kämpfer für die Menschenrechte" auch mit ihrem Blut danach, die Angst zu überwinden, dem Menschen den Glauben an seine eigenen Möglichkeiten wiederzugeben.

Die Dissidenten haben damit begonnen, die Persönlichkeit zu befreien. Die neuen Christen müssen noch einen Schritt weiter gehen. Jetzt, nachdem sie ihre Angst und Verzweiflung überwunden haben, gestalten sie ihr Leben nicht mehr bloß nach dem Prinzip des Widerstands. Sie entdecken andere, positive und schöpferische Werte. Im Heroismus erkannten sie nicht nur gute, sondern auch gefährliche Züge – Eigenliebe, Theatralisches, egozentrisches Selbstvertrauen. Im Heroismus entdeckten sie auch die Schwäche, in der Furchtlosigkeit sahen sie auch die Gefahr, in einen selbstzufriedenen und platten Sowjethumanismus abzugleiten. Uns alle hat man in den sowjetischen Schulen mit den Worten Gorkijs vollgestopft: „*Der Mensch* – das ist ein stolzes Wort."

Was im Atheismus Stütze und Halt war, wurde im Christentum ein Hindernis. Höher als die Selbstachtung und die Furchtlosigkeit stellten die Neubekehrten die Gottesfurcht; das Gefühl der menschlichen Selbsteinschätzung verblaßte vor dem schönen und befreienden Gefühl der Schuld: für alle und für alles. Das Gefühl der Schuld verstärkte und vertiefte das Gefühl der Verantwortung für alle Leidenden und Unterdrückten. In den russischen Klöstern fanden wir einen Universalismus, der dem Bedürfnis unseres Herzens entspricht. Dort betet man für die ganze Welt, und im letzten Abendgebet präzisiert man bisweilen auch: „Und jetzt laßt uns beten, Brüder und Schwestern, für die, die selbst nicht beten können, und auch für die, für die niemand da ist, der für sie beten könnte. Laßt uns beten zur Gottesmutter: ‚Unter deinen Schutz ...'"

In Rußland wird auch heute noch viel philosophiert. Es ist heute wie im 19. Jahrhundert: die russische Intelligentsia vertieft sich in die Lektüre all dessen, was aus dem Westen zu uns kommt. Im Samisdat zirkuliert eine Unzahl von Übersetzungen. In Moskauer und Leningrader Küchen wird ganze Nächte hindurch über Jaspers und Husserl gestritten, über Sartre und Lévi-Strauss. Ich erinnere mich, daß meine Freunde und ich oft das Problem der Zeit erörterten, wobei wir uns mit den Gedanken Bergsons und Heideggers einverstanden erklärten, daß die rationalistische Philosophie nur das Vergangene zu beschreiben vermag. Der Verstand und die Vernunft, von Natur aus demonstrativ und der Veranschaulichung dienend, haben eine Beziehung zum Gewordenen, Abgeschlossenen, zu dem, was schon war. Uns gefiel Heideggers Studie über Nietzsche, in welcher er den Rationalismus zurückführt auf den Voluntarismus. Von Leibniz bis zu Schopenhauer und Nietzsche war die rationalistisch-aufklärerische Philosophie eine Philosophie des Willens. In dieser seiner Arbeit dechiffriert Heidegger Nietzsches Lieblingsgedanken – den Gedanken von der „ewigen Wiederkehr". Der Wille kann alles, eines ausgenommen: das Vergangene zurückbringen. Deshalb nimmt der Wille Rache an der Zeit und denkt die Idee der ewigen Wiederkehr des Einen und Gleichen aus. Die Vernunft ist aber auch auf diesem Gesetz der ewigen Rückkehr zum Vergangenen grundgelegt.

Wir waren gleichermaßen Kinder Rußlands und Europas. Wir fühlten uns eingepfercht in den Rahmen der voluntaristisch-rationalistischen Kultur, wo das Vergangene über dem Gegenwärtigen hängt, wo man nichts verbessern kann, wo Sisyphus ohne Ende seinen Stein schleppen wird und der Mensch für alle Zeiten versklavt ist – durch die Korruptheit seiner Handlungen, Fehler und Dummheiten.

Jetzt, da ich mich an dieses Gefühl erinnere, kann ich sagen, daß wir in einer Hölle lebten. Denn eine der Eigenschaften der Langeweile in der Hölle ist doch auch die einförmige Monotonie.

Und da brach plötzlich etwas anderes an. Die früher unerwartete Perspektive der Verzeihung und der Sühne wurde in ein volles Licht getaucht. Das Christentum befreite uns von dem drückenden Karma des Vergangenen. Die Reue und das Bekenntnis der Sünden machten (wenn sie vergeben wurden!) das früher Unmögliche möglich: Das Vergangene verschwand, es war nicht mehr da.

Die Kirche besiegte das, was unbesiegbar schien.

Dem Überdruß der ewigen Wiederkehr stand das einmalige geschichtliche Ereignis der Auferstehung gegenüber. In der Kirche war alles neu. Sowohl damals, als wir, gleichsam Unwissende, zum ersten Mal in sie hineingingen, aber auch vier oder fünf Jahre später. Das heilige Abendmahl ist immer einzig und unwiederholbar. Die Liebe zur Kirche ist immer die „erste Liebe".

Unser Seminar

Der Anfang

Irgendwann einmal kam der bekannte Leningrader Dichter Sergej Stratonowskij zu mir. Sergej gehört zu jenen russischen Intellektuellen, von denen Dostojewskij einmal gesagt hat: „Sie brauchen keine Million. Man muß ihnen nur erlauben zu denken." Sergej ist Agnostiker, wogegen ich nichts einzuwenden hatte. Alle aus unserer Umgebung waren zu Beginn der siebziger Jahre schon gläubig. Einige waren nach sehr kompliziertem seelischem und geistigem Suchen zu Christus gekommen. Einige auch einfach deswegen, weil es in unseren Kreisen schon als provinziell und rückständig galt, ungläubig zu sein. Zwischen Christentum einerseits und Kultiviertheit andererseits wurde fast ein Gleichheitszeichen gesetzt. Es ist nicht einfach, unter solchen Umständen ein Atheist oder gar ein Agnostiker zu bleiben. Sergej war zu ehrlich und im Inneren auch zu selbstkritisch, um einmal, wie alle andern, von der Position des Glaubens aus zu sprechen. Er blieb Skeptiker.

Was ihn tief und ernstlich bewegte, war ein Problem mit der Kultur. Er konnte nicht verstehen, daß die Religion immer der Anfang und der Nährboden für die europäische Kultur war, so daß das Wort „Kultur" selbst aus dem Wort „Kult" abgeleitet wird. Sergej schlug uns vor, ein religiös-philosophisches Seminar zu gründen, in dem die Kirchenväter und zeitgenössische Theologen studiert werden sollten. Im Jahr 1973 fanden dann unsere ersten Seminarzusammenkünfte statt.

In der Kellerwohnung „Nr. 37"

Wir trafen uns immer in einer anderen Wohnung.

Geradezu populär wurde das Seminar, als wir anfingen, uns in der feuchten, aber geräumigen Kellerwohnung „Nr. 37" zu treffen. Jeden Freitag kamen in diese Wohnung Dutzende, bisweilen auch Hunderte von Menschen. Sie setzten sich auf den Fußboden, weil die Stühle natürlich bei weitem nicht ausreichten. Sie verteilten sich auf alle Zimmer und lauschten mit zunehmendem Schweigen den Vorträgen. Mit dem Einfachsten, mit dem, was für alle eine Grundlage bilden sollte, fingen wir an. Damals war die Öffentliche Bibliothek in Leningrad noch nicht unzugänglich, wie sie es heute für die meisten der „nicht offiziellen" Intellektuellen ist. Dem Leser wurden damals die vor der Revolution erschienenen Ausgaben der kirchlichen Schriftsteller noch nicht vorenthalten. Und so lasen wir die Texte von Gregorius dem Theologen, Basilius dem Großen, Origenes, Athanasius dem Großen und Tertullian. Wir stürzten uns voller Begeisterung darauf wie auf keine andere Literatur. Weder die Antiquiertheit der Sprache hielt uns zurück, noch konnte die Tatsache, daß ihre Probleme und Streitigkeiten lange zurücklagen, unser Gefühl abkühlen lassen. Diese Autoren waren uns nahe, wir hatten gleichsam nur Bekanntes gefunden, das aber unendlich höher und geistig reifer war als wir selbst. Hier sprach zu uns eine unanfechtbare kirchliche Autorität.

Wer in unser Seminar kam

Welche Leute waren es nun, die in unser Seminar kamen? Es trafen sich Menschen unterschiedlicher Schichten und verschiedenster Herkunft. Da waren Künstler und Dichter, die nicht zum offiziellen Kulturbetrieb gehörten, da waren Philosophen, die irgendwo einfache Arbeiten verrichteten, um Brot zu verdienen, und die ihre Werke in Untergrundverlagen herausbrachten. Es gab Physiker, Mathematiker, die nach dem tieferen Sinn der Dinge forschten. Schüler der Oberklassen ebenso wie alte Menschen, die noch die religiösen Zirkel der nachrevolutionären Zeit gekannt hatten, Zirkel, die in den dreißiger Jahren zerschlagen wurden. Es kamen Wissenschaftler, die durch ihre Bücher einen weltweiten Ruf hatten. Und es gab die „Sonderlinge", ohne die unsere russische Wirklichkeit nicht auskommt: offensichtlich Verrückte, die mit anderen Welten und außerplanetarischen Wesen in Verbindung standen. Sogar ein „illegaler" Marxist war dabei: illegal deshalb, weil er den „authentischen" Marx entdeckt hatte und von dieser Warte aus unsere Gesellschaft als eine Gesellschaft des „Staatskapitalismus" kritisierte. Seine nicht zu häufigen, aber energischen Einwände erheiterten gewöhnlich alle; denn niemand von uns nahm den Marxismus mehr ernst. Besonders komisch war es, zu hören, wie er mit dem strengen Aussehen eines fanatischen Sektierers immer wieder sagte: „Die Religion ist Opium für das Volk."

Hauptsächlich war es aber die schöpferische Intelligenz im Alter von 25 bis 40 Jahren, Menschen, die nach Erneuerung suchten und nach ihr dürsteten. Den Kern des Seminars bildeten fünf bis sechs orthodoxe Neubekehrte. Sie nahmen stets an den Sitzungen teil und hielten auch Referate. Jeder von ihnen hatte seinen eigenen Weg zu Gott hinter sich. Wenn ich ihre geläuterten, frohen Gesichter sah, konnte ich kaum glauben, daß ich sie einst ganz anders gekannt hatte.

Einige Glaubensbiographien

Da ist das Leben von Sascha P., der sich heute nicht mehr von den Briefen des Apostels Paulus trennt und sie fast auswendig kann. Er sammelt jeden Tag junge Leute um sich, um sie ihnen laut vorzulesen und mit ihnen darüber zu sprechen. Sascha kenne ich seit mehr als zehn Jahren. Jetzt ist er 28. In der Schule war er der Klassenprimus, der beste Mathematiker, ein bekannter Dichter. Als Zwanzigjähriger begeisterte er sich für Nietzsche und Freud. Mit 23 fing er an zu trinken, er ließ sich gehen, wurde desinteressiert und kam schnell herunter. Nicht nur ich, sondern viele von uns erinnern sich daran, wie er dauernd an einem der Tischchen im Café stand, schweigsam und mit stierem Blick Er kam dann in ein psychiatrisches Krankenhaus, wo er zum ersten Mal in seinem Leben Christen kennenlernte. Er begann seinen Weg in ein neues Leben. Aus dem Krankenhaus entlassen, ging er sofort in die Kirche, ließ sich taufen und fühlte sich neu geboren. Diese Erfahrung haben viele meiner Bekannten gemacht, die sich in reiferem Alter hatten taufen lassen: spürbar erfuhren sie an sich selbst die ganze Kraft dieses Geheimnisses, das ihren Glauben fest und unerschütterlich machte.

Hier ist eine zweite Biographie: die Geschichte einer klugen, mutigen und talentierten Frau – Galina G. Nach der Schulzeit machte sie sich die Auffassung zu eigen, daß richtig freie und schöpferische Menschen außerhalb sozialer Strukturen und Rollen leben. Sie bricht die Verbindung mit ihrer „Bürgerlichkeit" ab und geht in den künstlerischen Untergrund. Das übliche Künstlerleben beginnt: nächtliches Schreiben von Versen, nichtoffizielle Lesungen, endlose Gelage mit den üblichen leeren intellektuellen Diskussionen. Die Freiheit in allem: in der Liebe, im Wechsel der Neigungen und der Autoritäten, in einem hysterischen und chaotischen Existieren. Dann der Versuch, das Leben durch Selbstmord zu beenden; ein Versuch, der zum Glück fehlschlug. Zufällig trifft sie Yoga-Anhänger. Danach ändert sich ihr Leben jäh. Galina hört auf zu trinken, sie ernährt sich nur noch von Gemüse und Obst und schaut hochmütig auf die „schmutzige" Welt ringsum herunter. In eine christliche Kirche ging sie als Yoga-Anhängerin hinein, um die göttlichen „Energien" zu fühlen. (Yoga-Anhänger erzählten mir übrigens häufig, daß sie am besten in einer Kirche meditieren können.) Dann begann sie den christlichen Glauben anzunehmen. Sie war der Überzeugung, daß das Kreuzeszeichen, wie jede „Mantra" auch, der wahre Weg zum Absoluten und zur Selbstverwirklichung sei. Schließlich fing sie an mit den alten Frauen im Chor zu singen und, nachdem sie ihr „om-om" aufgegeben hatte, die Worte der tiefsten christlichen Gebete auszusprechen. Im Laufe weniger Wochen „empfand" sie das Christentum als eine Religion, die einen ganz anderen Geist als der Hinduismus hat. Sie verstand, daß das Christentum ihr näher sei, daß es ihr eine konkrete Kraft und einen Segen verleiht, daß sie gerade dadurch befreit würde. Yoga nannte sie seither „Kindergarten".

Noch ein Beispiel: Slawa D. In der Vergangenheit ein sowjetischer Soziologe mit erfolgreicher Karriere, Teilnehmer an zahlreichen soziologischen Kongressen, auch auf Weltebene. Er führte wie die meisten Leute dieses Milieus ein gespaltenes Leben: auf Parteiveranstaltungen hielt er Reden und rief zur Erfüllung des Beschlusses des letzten Parteitages auf. Abends aber, im Kreis von Bekannten, erzählte er antisowjetische Anekdoten. Irgendwann einmal erwachte das Gewissen in ihm, und er begann zu verstehen, daß das kein Leben sei. Nach dem Einmarsch in die Tschechoslowakei, 1968, legte er sein Parteibuch auf den Tisch. Er verlor so seine Arbeit, die früheren Freunde, alles, was bis jetzt den Sinn seines Lebens ausgemacht hatte. Ein kalter Haß auf alles erfüllte ihn: auf dieses Regime, auf dieses Land, auf diese versklavten Menschen ringsum. Zum Christentum brachte ihn seine Frau, eine stille und schüchterne Person. Mir hat er später einmal gestanden: „Ich sehe, wie schön das Gesicht des Menschen ist, wenn er betet." Jetzt studiert er Origenes, und man hat ihn damit beauftragt, das Hauptreferat über diesen Theologen zu halten.

Ich könnte noch ein Dutzend solcher Biographien erzählen, jede von ihnen wäre einzigartig. Wenn man über all diese Schicksale nachdenkt, versteht man auch, daß der Glaube für sie nicht nur eine vorübergehende ideologische Begeisterung war. Die Bekehrung hatte nämlich nicht nur ihre geistigen und intellektuellen Überzeugungen berührt, es hatte sich auch der Blick auf sich selbst und auf die Welt geändert. Die Veränderung war dauerhaft und vollständig. Sie umfaßte Körper und Geist. Das Christentum schuf diese Leute neu. Sie lernten neu zu sehen, ihre Stimme bekam Tiefe und eine ruhige Kraft, aus ihren Gesten verschwanden die Nachlässigkeit und die Nervosität. Natürlichkeit und Harmonie strahlten auf ihr gesamtes Äußeres aus.

Die Hauptreferenten und die wichtigsten Teilnehmer des Seminars waren orthodoxe Christen. Aber außer ihnen kamen auch Katholiken und die Agnostiker. Die Katholiken hatten bei uns in Leningrad einen kleinen ökumenischen Zirkel ins Leben gerufen: einige von uns gingen mittwochs dorthin, um den Rosenkranz zu beten. Von unseren katholischen Freunden erfuhren wir zum ersten Mal von der Erscheinung der Gottesmutter in Fátima und davon, welche Worte sie über Rußland gesagt hatte. Das machte uns nicht nur froh, sondern ließ uns auch die riesige Verantwortung spüren: Vom Schicksal des Christentums in Rußland hängt das Schicksal der ganzen Welt ab.

Unsere Beziehung zu den Baptisten

Eines Tages erfuhren die Leningrader „Baptisten-Iniziativniki" (d.h. die inoffiziellen Baptisten) von unserer Existenz. Es waren Leute, die ungeachtet des Verbots fortfuhren, ihre Kinder im christlichen Glauben zu unterrichten, ohne ihre Gemeinden registrieren zu lassen. Sie wählten bewußt und unerschütterlich für sich den Weg des Martyriums. Diese Baptisten hörten gewöhnlich allen Referaten zu, allen unseren chaotischen Diskussionen, die stundenlang dauern konnten. Vieles verstanden sie offensichtlich nicht, anderes lag außerhalb ihrer Erfahrung und ihrer Probleme. Da es ganz einfache Leute waren, interessierten sie spezifische kulturelle Fragen nicht. (Die Sowjetmacht hat schon in den ersten Jahren ihrer Existenz die gebildete Schicht unter den Protestanten ausgerottet.) Aber sie sahen in uns Leute, die aufrichtig und leidenschaftlich glaubten. Das brachte uns einander näher, ungeachtet aller anderen Unterschiede. Als unsere Diskussionen schließlich ruhiger wurden, erhob sich wiederholt einer der Baptistenprediger, schlug die Schrift auf und sprach. Seine Predigten waren ohne besonders elegante gedankliche Wendungen, ohne unerwartete Dialektik, und sicher hatten sie auch keine philosophische Tiefe. Es waren schlichte Worte über einfache Dinge. Sie waren aber mit einer solchen Kraft und Überzeugung vorgetragen, mit einer solchen Bereitschaft, für jedes Wort vor dem unsichtbaren Richter einzustehen, daß wir nicht umhin konnten, uns vor ihnen zu verneigen und uns an das Wort aus dem Evangelium zu erinnern: „Und der Herr hat das Unkluge der Welt ausgewählt, um das Kluge zu beschämen, und das Unbedeutende, um das Bedeutende zu beschämen."

Natürlich waren unsere Beziehungen zu den Baptisten nicht immer so harmonisch. Es gab auch Divergenzen unter uns, und wir führten leidenschaftliche Diskussionen gegeneinander. Eines Tages nahmen wir uns vor, das Thema der christlichen Ehe zu erörtern. Es ist klar, daß für viele Orthodoxe, die in ihrer früheren heidnischen Phase sowohl die „sexuelle Revolution" als auch mehr als eine Scheidung durchlebt hatten, neben dem Ideal der christlichen Ehe der Weg des Mönchtums eine besondere Anziehungskraft hatte. Das Mönchtum war eine Möglichkeit, alle Sünden der lasterhaften Vergangenheit zu sühnen. Viele lebten auch bereits wie Mönche in der Welt. (Ins Kloster konnten wir ja nicht gelangen.) So sehr verlangten sie danach, für die vergangenen Fehltritte zu büßen, so stark war der Drang, alles aufzugeben und den engsten Weg zu gehen. Für die Baptisten jedoch, die konsequent den Standpunkt Luthers vertraten, war das Mönchtum keine Möglichkeit. Es existierte für sie nicht. Sie hielten unsere Reisen zu den Starzen sogar für große Sünden, ebenso unsere Liebe zu den Ikonen, zu den Fasttagen, überhaupt unsere Neigung zum Asketismus. Als sie offen anfingen darüber zu sprechen und sich auf die Schrift beriefen, daß die Ikone ein Idol, ein heidnisches Götzenbild sei, bewahrten die Zuhörer noch Ruhe. Soviel wußten sie, daß die Protestanten ihre „Eigentümlichkeiten" haben. Aber als einer ihrer Prediger immer ungestümer auftrat und damit begann, etwas gegen die Gottesmutter zu sagen, brach ein Sturm der Entrüstung los, der sich in einen richtigen Religionskrieg auszuweiten drohte. Ich hatte damals den Vorsitz des Seminars und wußte nicht, wie ich die Streitenden beruhigen konnte. Die Baptisten verließen uns im Zorn und innerlich entfremdet.

Später, nachdem einige Zeit vergangen war und wir uns zu schämen begannen, luden wir unsere protestantischen Freunde wieder ein, freilich ohne diejenigen, von denen wir fruchtlose und böse Streitigkeiten erwarten konnten.

Auch Atheisten kamen

Es waren nicht nur gläubige Menschen im Seminar, es kamen auch Atheisten, solche, die man genauer als Skeptiker oder Agnostiker hätte bezeichnen müssen. Sie waren an der Religion als einem Bereich interessiert, in dem der menschliche Geist sich mit äußerster Tiefe und mit großem Ernst zeigt. Einige erkannten an, daß das Evangelium das genialste Buch in der Geschichte der Menschheit sei. Andere verehrten den Menschen Jesus. Die dritten glaubten an das philosophische Absolute, die vierten an irgendein Mysterium, die fünften wollten einfach auf dem Niveau des modernen geistigen Suchens sein. Im Verlauf weniger Jahre des Bestehens des Seminars glaubten viele der Schwankenden an den persönlichen Gott, an die heilige Dreifaltigkeit und die apostolische Kirche.

Wir schätzten die gegenseitige Freiheit zu sehr, um dem jeweils anderen unsere religiösen Überzeugungen aufzudrängen. Gleichzeitig hatten die, die glaubten, das Gefühl, daß die Zeit für uns arbeitete. Und dieses Gefühl wurde gestützt durch die tägliche Erfahrung. Meine philosophischen Freunde hatten sich noch vor kurzer Zeit gleichermaßen über mich gegrämt und mich ausgelacht: „Sie ist fortgegangen zu den alten Frauen, die weder lesen noch schreiben können, sie ist für die Philosophie verloren." Es vergingen nicht einmal zwei Jahre, und sie hatten alle selber den christlichen Glauben angenommen: einer im Alter von 30 Jahren, der andere 35jährig. Und ich wurde ihre Taufpatin.

Auch die Spitzel waren da

Von Anfang an schienen die Gründung und die Arbeit des Seminars eine ungeheuerliche Sache, dem Untergang geweiht. Keiner glaubte, daß wir lange existieren könnten. In der Stadt verbreitete sich regelmäßig das Gerücht, die Organisatoren des Seminars seien schon verhaftet. Natürlich nahmen wir, ohne Ausnahme, alle in unsere Wohnung auf. Wir machten auch nicht den Versuch einer Konspiration. Es ist bei den in Rußland herrschenden Verhältnissen unmöglich, sich vor dem alles durchdringenden Auge des KGB zu verstecken. Ganz abgesehen davon, daß es gefährlich wäre, die Illegalen zu „spielen". Man würde eben dadurch nur noch größeren Verdacht auf sich ziehen. Im Verlauf der ganzen zehn Jahre beschränkte sich der KGB auf äußerst „weiche" Maßnahmen: in unseren Seminarveranstaltungen saßen immer Spitzel. Aus den „Gesprächen" im KGB wurde mir klar, daß der Geheimdienst gut informiert war über das, was im Seminar gesprochen worden war. In der offiziellen sowjetischen Zeitschrift „Ogonjok" erschien ein Enthüllungsartikel über das Seminar. Man nahm mich häufig von der Straße weg fest und brachte mich zu einer „Unterredung" zum KGB, wo man mit verschiedenen Methoden und Drohungen versuchte, mir auszureden, auch weiterhin diese „Menschenaufläufe" zu organisieren. Einige Studenten relegierte man aus den Instituten, andere Teilnehmer unserer Veranstaltungen verloren ihren Arbeitsplatz, man streute Gerüchte aus, verbreitete Klatsch, versuchte, uns auseinanderzubringen. Das Seminar in Leningrad besteht aber bis zum heutigen Tag.

Mehr Sorgen noch als mit dem KGB hatten wir mit den Ängsten und Psychosen unserer Leningrader Intellektuellen. Einige konnten sich lange nicht an den Gedanken gewöhnen, daß wir frei existierten. Zweifel fingen an: Ist das Seminar vielleicht eine Provokation? Hat der KGB es vielleicht zu dem Zweck organisiert, um alle Christen und überhaupt alle frei denkenden Menschen aufzuspüren und unter seiner beständigen Kontrolle zu haben? Diese Gespräche hörten allmählich auf. Die Leute gewöhnten sich daran, daß keiner erschossen wurde oder ins Gefängnis kam. Die Furchtsamen beruhigten sich. Man begann sogar zu scherzen: Freitags, so hieß es, kann man in jedem beliebigen Haus gefahrlos antisowjetische Anekdoten erzählen, weil sich alle Spitzel in der Wohnung Nr. 37 versammeln.

Wie der verlorene Sohn

Zwei Jahre lang waren die Arbeiten des Seminars vorwiegend dem Studium der Kirchenväter gewidmet. Darüber hinaus lasen und diskutierten wir, was im Zusammenhang mit der modernen Theologie stand. Ein deutscher Tourist brachte uns zufällig einige Bücher von Karl Rahner und Hans Urs von Balthasar mit. Unter den protestantischen Theologen stießen wir, ebenfalls durch einen Zufall, auf die Werke von Karl Barth und Paul Tillich. Kirkegaard liebten viele, manche kannten ihn fast auswendig, aber natürlich nur als Schriftsteller, nicht als maßgeblichen kirchlichen Denker. Einige Diskussionen widmeten wir der russischen Religionsphilosophie: dem Vater Pawel Florenskij, dem Vater Sergej Bulgakow, Berdjajew, Rozanow. Unter uns gab es Schüler sowohl von Florenskij als auch von Berdjajew und Rozanow. Das waren natürlich Leute, die vor 50 Jahren geschrieben hatten. Seit dieser Zeit hat sich das ganze russische Leben grundlegend geändert. Rußland ist durch das reinigende Feuer der Leiden gegangen. Hier wurde Gott fast totgeschlagen und nach Gott wurden Millionen völlig unschuldiger Menschen ermordet. Die Kultur, das historische Bewußtsein und das, was man nationale Erinnerung nennen könnte, wurden völlig oder doch fast völlig ausgerottet.

Die russische Intelligenz begann schon Anfang dieses Jahrhunderts „sehend" zu werden. Ihre besten Vertreter gingen den Weg vom Marxismus zum Idealismus und vom Idealismus zum christlichen Realismus. Wie den verlorenen Sohn zog es seit dem Beginn des Jahrhunderts die Intelligentsia zur Kirche. Es wurden religiös-philosophische Versammlungen organisiert, wo auf der einen Seite die Stimme der besonders fortschrittlichen und offenen Vertreter der Hierarchie zu hören war; auf der anderen Seite äußerten sich Schriftsteller, Philosophen und Publizisten. Liest man heute die Protokolle dieser Versammlungen von damals, so scheinen sie in einer ganz anderen Epoche geschrieben zu sein. Die Intelligentsia, die für sich den tiefen und geheimnisvollen Sinn des christlichen Glaubens neu entdeckt hat, kann sich nicht mit der „Passivität", der Unbeweglichkeit und dem Konservatismus der orthodoxen Kirche abfinden. Welche Reformen und Neuerungen wurden ihr nicht vorgeschlagen zur „Erneuerung" der alten Kirchenpelze! Wenn wir unsere Zeit beobachten, so finden wir die Kirche noch „passiver", ja man kann sagen: vom Staat völlig unterdrückt. Aber keiner von uns hat jemals seiner Kirche Vorwürfe gemacht, hat sie von außen her kritisiert oder Neuerungen verlangt. Und wenn es wirklich vorgekommen sein sollte, so nur im allerersten Moment, als der Betreffende für sich noch nicht die ganze Fülle des kirchlichen Lebens entdeckt hatte, und es hat aus Bequemlichkeit stattgefunden. Denn es ist schwer und ungewohnt, in einen ganz anderen Lebensrhythmus hineinzugehen, die Morgen- und Abendgebete zu lesen, die ganze Zeit hindurch bei einer dreistündigen Liturgie zu stehen. Heute ist die russische Intelligenz genügend „arm", um den Grund für das bestehende Böse nicht an irgendeinem anderen Ort, sondern in sich selbst zu suchen, um zu dem Wesentlichen zu kommen, bei dem die Umgestaltung des ganzen Lebens beginnt: zur Reue. „Nicht mit dem Gefühl der Kränkung leben, sondern mit dem Gefühl der Schuld", sagt Berdjajew. Das Verständnis der Kirche selbst wurde ein anderes, tiefer und mystischer. Im totalen Staat zeigte sich uns die Kirche als einzige saubere und wirklich lebendige Insel des Lebens. Sie wurde die Antithese zu jeglicher tötenden und verdummenden Ideologie. Und die Macht der Ideologie ist in unserem Staat in der Tat total. Die Ideologie verdirbt die Persönlichkeit, in der Kirche aber kann die Person zu ihrer ganzen Fülle reifen. Die Ideologie lebt als Parasit von den Gefühlen, dem Unglück der Menschen. In der Kirche ereignet sich der wirkliche und schöpferische Umgang der Menschen miteinander, eine Kommunikation ohne Lüge. Unter der Ideologie wird immer entweder der Körper oder der Geist eines Menschen unterdrückt, in der Kirche ist ein solcher Dualismus überwunden, hier finden wir die Fülle des Geistes und des Körpers. Von uns wird Kirche heute nicht als staatliche Einrichtung verstanden, sondern als Leib Christi, als ein neues, auf die Auferstehung der ganzen Schöpfung hin ausgerichtetes Leben.

Es gibt nur zwei Möglichkeiten

Das Leningrader Seminar konzentrierte sich auf die Probleme der christlichen Kultur und Anthropologie. Wir haben verstanden, daß man im 20. Jahrhundert nicht mehr so vom Menschen sprechen kann, wie man es im 17. und im 18. Jahrhundert tat, daß die Erfahrung der Vernichtung des Menschen in Hiroshima, in Auschwitz und im Gulag unsere Vorstellung von Humanismus wesentlich verändern mußte. Jetzt können wir den Menschen unwiderruflich nicht mehr entweder auf eine Klassenanalyse oder auf eine biologische Substanz oder auf das „Menschliche, Allzumenschliche" zurückführen oder reduzieren. Der Mensch – das ist die „Sphäre der Offenheit", „der Spalt im Dasein" (Martin Heidegger). Der Mensch – das ist das

„Sein an der Grenze“ (Karl Jaspers). Wir eigneten uns den anthropologischen Eschatologismus der Existentialisten nicht nur in der Theorie an – er war uns in Fleisch und Blut übergegangen. Wir lebten beständig und täglich an der Grenze. Nachdem wir Christen geworden waren, fuhren wir fort, den Eschatologismus des modernen Denkens zu entwickeln. Der „neue Mensch“, das „neue Geschöpf“, von dem wir jetzt sprachen, war nicht einfach offen für jede Möglichkeit. Er war offen für die radikale Entscheidung. In seine Verantwortung war die Wahl zwischen Gott und dem Teufel gestellt, zwischen dem Untergang und der Rettung. Unser Denken war maximalistisch: die geistig-seelischen Werte oder der Materialismus; der Weg des Vergnügens oder der Weg Christi. Ein Drittes gab es nicht. Für uns waren sowohl die Kultur als auch das tägliche Leben lebendiger und schöpferischer Kommentar zu den ewigen Wahrheiten der kirchlichen Überlieferung. Die Ewigkeit war nicht länger eine dichterische Erfindung oder ein „Bad mit Spinnen“ (wie es Swidrigajlow, eine Figur aus Dostojewskijs „Schuld und Sühne“ darstellt), sie war eine Realität, die uns immer mehr ergriff, und zwar aufs heftigste. „Dies alles schaffe ich neu“: der Heilige Geist zeigte sich gerade darin, daß er durch seine Neuerung alle möglichen modernen geistigen Strömungen und Ideologien in den Schatten stellte.

In den letzten Jahren fanden unsere Seminarveranstaltungen immer sonntags statt. Wir versammelten uns in unserer Kirche zum Gottesdienst, beichteten, empfingen das Abendmahl, dann fuhren wir zu einem von uns. Wir hatten bald keine feste Wohnung mehr, wir änderten die Orte der Veranstaltungen, um die Wohnungsinhaber keiner Gefahr auszusetzen. Das Denken des KGB läuft in jeder Angelegenheit nach einem „materialistischen“ Schema ab.: „Ein Seminar?“ „Wo?“ „Wer ist der Eigentümer dieser Räumlichkeit?“ Den Wohnungsinhaber konnte man von seiner Arbeitsstelle verjagen, man konnte ihm die Aufenthaltserlaubnis für Leningrad entziehen. Es gibt in einem Staat, der alles durchdringt und alles umfaßt, viele Möglichkeiten, einem Menschen das Leben zu ruinieren.

Das Moskauer Seminar

Das Leningrader Seminar bestand schon einige Jahre, als wir erfuhren, daß in Moskau Intellektuelle sich zu ähnlichen Seminarveranstaltungen trafen. Es fielen die Namen Alexander Ogorodnikow, Wladimir Poresch, Tatjana Schtschipkowa. Immer wieder kamen uns auch Gerüchte von schweren Verfolgungen des Moskauer Seminars zu Ohren. Ogorodnikow, Regelson, die Mitglieder des Komitees „Schutz der Gläubigen", wurden verhaftet. Als diese Verhaftungen anfingen, wurde uns schnell deutlich, daß wir nicht schweigen durften. Wir schrieben und veröffentlichten einige Briefe zur Verteidigung des Moskauer Seminars, bemühten uns um Kontakt mit jenen, die noch nicht verhaftet waren.

Das Seminar in Moskau war, wie unseres auch, von jungen Neubekehrten gegründet worden. Moskau und Leningrad unterschieden sich von jeher: in Moskau herrschte immer ein mehr bodenständiger, mehr „russischer" Geist. Petersburg/Leningrad war immer eine nach Europa ausgerichtete Stadt, die auf dem „Nichts" gebaut wurde, auf sumpfigem Gelände. Dostojewskij hat sie die „am meisten ausgeklügelte Stadt in der Welt" genannt. Während unser Leningrader Seminar in seiner Zusammensetzung sehr bunt war – es kamen Nietzscheaner ebenso wie Yoga-Anhänger, Muslime ebenso wie orthodoxe Mönche –, traf sich in Moskau ein schon „reiferes", nur orthodoxes Publikum. Man diskutierte dort viel über die Zukunft und die vorherbestimmte Rolle Rußlands. Vor dem Seminarbeginn betete man für die russischen Märtyrer, man nannte die Namen der von den Bolschewiken zu Tode gequälten Bischöfe, Priester und Laien laut. All das waren die Themen und Gespräche des neuen Rußland. Darin war keine Tendenz von Konservatismus zu spüren, kein Wunsch nach Restauration oder nach Rückkehr zu den alten, vorrevolutionären Ordnungen. Der orthodoxe Glaube hatte vielen die Augen dafür geöffnet, daß sie eine Heimat haben, die neu und ewig ist. Von ihr erfährt man in den sowjetischen Zeitungen nichts, aber sie existiert, sie wird aus der Asche neu geboren: das Rußland des hl. Boris und des hl. Gleb, des hl. Sergej Radoneschskij und des hl. Seraphim Sarowskij. Nicht nur durch sein größeres Interesse für die spezifisch russische Thematik unterschied sich das Moskauer vom Leningrader Seminar. Unsere Moskauer Freunde bemühten sich auch, das Ideal eines echten Gemeindelebens praktisch zu verwirklichen. In der Sowjetunion ist bekanntlich ein kirchliches Gemeindeleben nicht möglich. Deswegen war der Versuch, eine echte, lebendige Gemeinde zu errichten, eine enorme Bedrohung der bestehenden gesellschaftlichen Struktur, die sich durch ihre Unmenschlichkeit und Grausamkeit auszeichnet. Aber gerade darin liegt auch die Kraft der neuen Christen im heutigen Rußland: sie kämpfen nicht mit dem bestehenden System, sie entlarven seine gewissenlosen und verkommenen Leiter nicht, sondern bauen positiv eine neue Wirklichkeit, nachdem sie die innere Freiheit gefunden haben. Durch das Beispiel ihres ganzen Lebens schaffen sie die zukünftige und wahre Kirche. Sie leben schon jetzt auf eine neue Weise und siegen so schon jetzt.

Das Moskauer Seminar ist heute ganz verhaftet. Die daran teilgenommen hatten, erhielten hohe Freiheitsstrafen. Mir scheint, daß einer der Gründe dafür, daß sich das Leningrader Seminar noch trifft, das Moskauer aber nicht mehr, in der sozialen und politischen Ausrichtung des Moskauer Seminars lag, nämlich in dem Versuch seiner Teilnehmer, in einem ganz konkreten und damit gefährlichen Sinn des Wortes Christen zu sein, indem sie eine christliche Gemeinde schaffen wollten.

Herr, hilf deinen Knechten Alexander, Wladimir, Tatjana, Viktor, Sergej, Gleb; verlasse sie nicht, die dir nachfolgen auf dem Weg ans Kreuz!

Er hat kein Aussehen und keine Gestalt

Auf dem Weg in eine sowjetische Vorstadt

Wir gingen den langen Weg von der Vorortsbahn zum Haus des Bruders Wolodja. Es war ein trüber und kalter Petersburger Herbst, unsere Füße versanken im Schmutz, grau, gesichtslos und kalt schauten die vierstöckigen Standardhäuser auf uns, die in nichts voneinander zu unterscheiden sind und die die anonyme und sprachlose Welt sowjetischer Neubausiedlungen bilden. Vielleicht wird ein neuer Kafka sie beschreiben. Aber vor diesem Hintergrund wird sich sowohl der kafkaeske Zustand der Verdammung wie auch die ausweglose Lage, die er schildert, als ein spezielles literarisches Erleben zeigen. Diese Architektur ist selbst nur ein Widerschein der allgewaltigen Macht des Großinquisitors, der den Menschen von Gott, von der Tradition und von sich selber befreit hat.

Alles scheint darauf hinzudeuten, daß die Leute, mit denen ich jetzt zu meiner ersten Baptistenversammlung im Leben gehe, von der gleichen anonymen Macht des Großinquisitors erfaßt sein müssen. Sie gehören nicht wie meine Freunde zu der verwegenen und skeptischen Intelligenz. Sie leben wie alle „normalen" Sowjetmenschen von Kindheit an, sozusagen „hinter dem Spiegel", in unserem sowjetischen Dunkel, wo die Lüge obligatorisch, das Mißtrauen unumgänglich und die Angst allgegenwärtig ist. Ich hatte es, so schien mir, mit „einfachen Leuten" zu tun –

obwohl ich auch schon wußte, daß einer von ihnen 25 Jahre im Gulag verbracht hat.

Schließlich hatten wir diese sowjetische Neubausiedlung hinter uns gelassen und kamen zum Ende dieser Vorstadt, wo noch einige Bauernhütten aus Holz standen. In eine davon gingen wir hinein, sie war geräumig und ganz mit Holzbänken vollgestellt.

Meine erste Baptistenversammlung

Vorne stand ein Tisch, über dem Tisch eine Leinwand, auf der in großen Lettern geschrieben steht: „Gott ist die Liebe." Auf mich als orthodoxe Christin macht das einen fremden, kahlen und ungereimten Eindruck. Wie von selbst drängt sich mir der böse Vergleich mit einem Saal für Parteiversammlungen auf. Ich war an die majestätische, geheimnisvolle und mystische Schönheit der orthodoxen Kirchen gewöhnt. Es war für mich selbstverständlich geworden, daß der Tempel Gottes der „Himmel auf Erden" ist.

Etwa 40 Personen kamen, alle dieselben „gewöhnlichen", durchschnittlichen Menschen. Sicher: was in die Augen springt, ist ihre innere Sammlung, ihre ruhige Feierlichkeit, ihre Zurückhaltung und gleichzeitige Offenheit. Was mir auch auffällt, ist die nicht alltägliche, gepflegte Gestik dieser Menschen, eine besondere Kultur der Geste: ihre besondere Art zu gehen, ihr Blick – das ist etwas, was nicht durch eine weltliche Erziehung gelingt, sondern was sich nur als Widerspiegelung eines tiefen, inneren Ernstes einstellt.

Die Versammlung begann mit einem Gebet, das der älteste der Prediger vorlas, ein gebrechlicher Greis mit grauen Haaren. Dann fingen alle Anwesenden im Knien spontan an zu beten. Und da eröffneten sich mir erstaunliche Dinge: Ich wohnte einem Schuldbekenntnis bei, das wie in der Urkirche laut vor sich hin, vor dem Volk, in Anwesenheit aller gesprochen wurde.

Wenn ihr nicht werdet wie die Kinder

Was dann weiter geschah, verblüffte mich völlig, es wischte wieder eine Illusion und einen bösen Gedanken weg. In der Folge sprachen Kinder. Sie sagten das Evangelium seitenweise auswendig auf, sie waren ernst und weise. Bis zu diesem Zeitpunkt hatte ich geglaubt, daß die Reinheit der Kinder ein Mythos der Erwachsenen sei, und ich teilte den Standpunkt Freuds, der vom Kind gesagt hatte, es sei „polymorph pervers". Ich erinnerte mich, wie listig ich selber in der Kindheit gewesen war, wie ich es verstanden hatte, vorteilhafte Rollen zu spielen. Die Kinder meiner intellektuellen Bekannten, die ewig allgemeine Aufmerksamkeit für sich verlangten, verstärkten meinen Unwillen. Und plötzlich sah ich vor mir geradezu die Illustration aus dem Evangelium: „Wenn ihr nicht umkehrt und werdet wie die Kinder, werdet ihr nicht in das Himmelreich eingehen."

Später sah ich in orthodoxen Klöstern kleine Kinder, nicht älter als sechs bis sieben Jahre, die lange Liturgien stehend durchhielten. Sie beteten wirklich, sie wußten, was das Gespräch mit Gott bedeutet.

In der Ernsthaftigkeit dieser Kinder, die die Heilige Schrift auswendig aufsagten, fühlte ich etwas tatsächlich Vorhandenes, etwas nicht Gespieltes. Später traf ich beichtende Kinder und sogar Märtyrerkinder. Schon in der Schule ereilte sie das, was später ihr tägliches Los wurde. In der Schule lachten die Lehrerinnen die gläubigen Kinder aus und hetzten die Klassenkameraden gegen sie auf. Aber diese Kinder ertrugen tapfer die Boshaftigkeiten – und auch die Schläge. Sie gingen schon bewußt den Weg zum Kreuz, so stark sprach der lebendige Gott in ihren Seelen.

Athosmönche, die einige Zeit in russischen Klöstern gelebt haben, sagten mir, daß diese russischen Kinder sie in jener Welt richten werden.

Wes das Herz voll ist, des geht der Mund über

Nach der Bibelrezitation sang man unter Gitarrenbegleitung irgendwelche höchst einfache und primitive Verse, die nicht ästhetisch zu werten sind. Zu einer anderen Zeit hätte ich sie „Kitsch" genannt. Die Musik war nicht sehr viel besser als die Verse, die Melodien waren aus gängigen sowjetischen Liedchen entlehnt. Aber die Aufrichtigkeit siegte. Die Stimmen zitterten, als ob sie den Namen Gottes zum ersten Mal aussprechen würden. Dann kam die Predigt. Ein Mann von etwa 50 Jahren hielt sie. In den Händen hatte er die Bibel. Der interessanteste Teil seiner Ansprache waren die Zeugnisse aus seinem Leben. Er selbst ist Finne, er heiratete vor 20 Jahren eine Russin und ließ sich in Leningrad nieder. In Finnland gehörte er aus Tradition der lutherischen Kirche an. Nach Leningrad gekommen, begann er seine Glaubensbrüder zu suchen. Man sagte ihm, daß es die baptistische Kirche gäbe. Eine, die erlaubt sei, eine andere, die verboten sei und verfolgt werde. Dann wurde er gefragt, in welche er gehen wolle. Seine Antwort: „In die verfolgte natürlich." So stieß er zu den inoffiziellen Baptisten, „Iniziativniki" genannt.

Im Laufe der Jahre wurde er viele Male verhaftet. Ein Offizier des KGB fragte ihn einmal: „Was für ein Recht haben Sie, ohne Erlaubnis von Gott zu sprechen? Zeigen Sie Ihren Berechtigungsschein vor." Da schlug der Bruder N. das Evangelium auf und las vor: „Wes das Herz voll ist, des geht der Mund über. Da haben Sie meine Erlaubnis."

Nach dem Bruder N. trat ein junger Mann in Matrosenuniform nach vorne und sagte, der Glaube habe sein ganzes Leben verändert. Früher habe er getrunken und nur ans Geld gedacht und sei auf dem Weg gewesen, sich langsam in ein Tier zu verwandeln.

Alle übrigen hörten ihm aufmerksam und schweigend zu. Nur einer der Anwesenden führte sich ungewöhnlich auf, weinte und seufzte, schlug sich wieder und wieder an die Brust und sagte laut: „Auch ich, Herr, auch ich war ein Trinker, ein Lügner und Dieb. Ich habe Dich immer wieder verraten, Herr!"

Nach der Versammlung fragte ich einen Bruder, warum dieser Mann so offen seine Gefühle äußerte. Ich bekam zur Antwort, daß er ein Angehöriger der Pfingstgemeinde sei und daß, während die Baptisten sich durch Selbstbeherrschung und innere Sammlung auszeichneten, bei den Pfingstlern ein anderes Moment vorherrsche. Dort geniere man sich nicht, emotional zu sein, man gehe sogar zu Zeremonien mit Tänzen und Gesängen über, nicht selten seien in ihrer Mitte das „Sprechen in fremden Zungen", Offenbarungen und Heilbehandlungen.

„Er hatte keine schöne und edle Gestalt ..."

Die letzte Rede hielt ein Bruder, der aus der Ukraine gekommen war. Auf dem Weg zu dieser Leningrader Vorstadt hielt er sich an vielen Orten auf, wo baptistische Gemeinden waren. Überall predigte er vor seinen Brüdern. Er erzählte uns, wie man in der Armee seinen jüngeren Bruder Pjotr getötet habe. Dieser hatte sich geweigert, ein Gewehr in die Hand zu nehmen. Er wurde zu Tode geprügelt.

Dieser Prediger aus der Ukraine war ein völlig ungebildeter Mensch. Er betonte die Wörter falsch und sprach immer stockend. Bisweilen fiel er sogar in einen übertriebenen pathetischen Ton, wobei er seine Stimme unnatürlich verstärkte.

Unwillkürlich erinnerte ich mich (mit meinem bösen

und ironischen Gedächtnis) daran, daß in unserer Philosophischen Fakultät, wo mit uns zusammen Komsomolzen und Parteiredner lernten und unterrichteten, die Überzeugung aufkam, daß die Hauptsache für solche Leute sei, wie man laut und selbstsicher zu sprechen lerne und dort, wo es nötig sei, sogar zum Schreien übergehe. Aber auch die äußere Ähnlichkeit mit einem parteioffiziellen sowjetischen Redner konnte vor uns Zuhörern die erregte Kraft und die Wahrhaftigkeit dessen, was der Bruder sagte, nicht verhüllen. Trotz der fremden, nicht richtig gefundenen Form schlug die Stimme eines Bekenners durch, eine Stimme, in der nicht Selbstsicherheit und nicht einmal Sicherheit lebte, sondern der Glaube. Und zum wiederholten Male im Verlauf dieses Abends gingen mir die Worte des Propheten Jesaja durch den Kopf: „Er hatte keine schöne und edle Gestalt, so daß wir ihn anschauen mochten. Er sah nicht so aus, daß wir Gefallen fanden an ihm. Er wurde verachtet und von den Menschen gemieden, ein Mann voller Schmerzen, mit Krankheit vertraut wie einer, vor dem man das Gesicht verhüllt, war er verachtet ..."

Der Heilige Geist verachtet keinen

Dann folgte wieder ein allgemeines Gebet. Eine Frau bedauerte, ihrem Mann, einem Ungläubigen und Trinker, nicht helfen zu können und unfähig zu sein, ihn zu retten und ihm jene Welt zugänglich zu machen, die sie selbst gefunden hatte. Eine andere sprach von ihren Kopfschmerzen und ihren Krankheiten, und sie dankte Gott dafür. Dieser Frau sah man die Hausfrau und Köchin an; es war eine von denen, die mir gewöhnlich auffielen, wenn sie heimlich ihre Nachbarn aus dem Wohnblock beobachteten, in den Geschäften schrien und beim Schlangestehen randalierten. Und plötzlich – eine so tiefe Rede, zu Herzen gehend wie ein Psalm und so aufrichtig, mit tiefem

Schmerz und starkem Geist hervorgebracht. In ihren Worten war Freude und Leichtigkeit, als sie Gott dankte. Sie verstand es, nicht bloß ihr Alltagsleben mit seinen Tausenden von kleinen Sorgen zu vergessen. Sie verwandelte vielmehr die Schwere und den Automatismus des Lebens, seine Zähigkeit und Stumpfsinnigkeit in eine erleuchtete und von Gott gegebene Wirklichkeit. Früher verachtete ich sie und ihresgleichen und dachte, daß sie verrückt geworden seien in ihrem Küchensumpf, ich hielt sie nicht für Menschen. Aber jetzt bin ich beschämt. Mit Freude gestehe ich das ein. Es zeigt sich, daß der Christ an jedem beliebigen Platz Gott dienen kann. Wie es der hl. Simeon der Neue Theologe gesagt hat: „Der Heilige Geist fürchtet sich vor nichts und verachtet keinen."

Ein Tag im Kloster

Im heutigen Rußland sind nur wenige Klöster übriggeblieben. Ungefähr zwölf sind es, die sich fast alle in den nach dem Krieg „eingegliederten" Republiken befinden: in Estland, Lettland, Litauen und in der Ukraine. Dort wurden sie nicht geschlossen, und so fielen sie uns als kulturelles und geistiges Erbe zu.

Wir fuhren für eine Woche ins Kloster. Ein längerer Aufenthalt war nicht möglich. Der Zeitraum ist in der Paßordnung für Klöster genau festgelegt. Drei Tage im Kloster aber reichten aus, um die weltliche Kraftlosigkeit abzuschütteln, um den geistig-seelischen Atem in der Fülle schöpfen zu können, die wir brauchten, um dann mit frischen Kräften mutig aufs neue zum Kampf in die Welt hinauszugehen.

Hier sind meine Eindrücke von einem Kloster. Sie betreffen nicht das, was für mich die Hauptsache ist: die geheimnisvolle und tiefe Welt des Gottesdienstes und des Gebetes im Kloster. Ich will hier nur von den Menschen erzählen, die wir – meine Freundin und ich – im Kloster getroffen haben, als wir an einem Sommertag in Pskow den Autobus nach Petschory bestiegen, nach jenem Dorf, in dem das Kloster liegt.

Vater Alexander

Da war zunächst einmal Vater Alexander. Er saß uns im stickigen und holpernden Provinzautobus gegenüber. Ein typischer Dorfpriester. Natürlich trug er nicht die Soutane, das ist streng verboten. Wir erkannten ihn an bestimmten, altmodischen Kennzeichen: an dem schwarzblauen alten Umhang, einem runden grauen Hut, dem schütteren Bärtchen, der Reisetasche in den Händen. Vater Alexander fing an mit uns laut zu sprechen, voller Begeisterung. Alle Fahrgäste hörten ihm zu, einige mit Zustimmung und Ergriffenheit, andere mit stillem Lächeln. Wieder andere ärgerten sich oder waren ganz offensichtlich erzürnt. Er sprach auf der ganzen Strecke, ganze eineinhalb Stunden lang.

Vater Alexander tat seinen Dienst irgendwo in einem weit entfernten Dorf. Er war ein hervorragender, talentierter Prediger. Schon oft hatte er atheistische Funktionäre „in die Tinte gesetzt".

„‚Und noch eines, Genosse Aloginow'", so der Familienname eines seiner Gegner, „werd' ich Ihnen sagen: ‚Ich bin kein Überbleibsel des Kapitalismus, sondern ein Überbleibsel des Kommunismus. Ich habe nämlich erst unter der Sowjetmacht das Licht der Welt erblickt. Sieben Jahre lang habe ich bei der Flotte gedient und bei den Partisanen gekämpft, ich habe in der Fabrik gearbeitet und habe zu Gott gefunden, nachdem ich vieles durchgemacht und über manches nachgedacht habe.'"

„Und was die Vervollkommnung der Materie betrifft, so sage ich Ihnen, Genosse Aloginow, daß sich das Leben nie als Wohlergehen allein entwickelt hat, es war immer voller scharfer Widersprüche und Tragödien."

„Sie schreiben da, Genosse Aloginow, daß alle Sowjetmenschen vorwärts marschieren und der fortschrittlichsten Ideologie der Welt folgen. Aber ich sage Ihnen, daß

100% der Männer meiner Pfarrgemeinde nicht hinter der fortschrittlichsten Weltanschauung herlaufen, sondern hinter der Wodkaflasche."

Vater Alexander erzählte davon, wie er wegen seiner „religiösen Propaganda" mehrfach zur Polizei bestellt worden war.

Der Polizist fragte ihn: „Ist es wahr, daß Sie gesagt haben, es gebe bei uns keine Freiheit?"

Die Antwort Vater Alexanders: „Für mich gibt es die Freiheit nur in Christus. Von jeder anderen kann ich nur sagen, daß ich, wenn es sie gäbe, nicht hier säße."

Wiederholt warf man mit Steinen nach ihm und drohte ihm mit dem Tod. Er sagte, der Glaube habe ihn furchtlos gemacht, und mit seiner ganzen Seele strebe er danach, für Christus zu leiden. Sich selbst nennt er einen einfachen, bescheidenen Christen.

„Ich bin ein bescheidener Christ, ich kann nicht umhin, die Existenz Gottes anzuerkennen, wenn ich den Sternenhimmel sehe oder wenn ich am Grab eines Menschen sitze, der mir nahe war, oder wenn ich zusehen muß, wie Märtyrer hingerichtet werden."

Als wir uns trennten, flüsterte Vater Alexander uns zu: „Ich habe verstanden, daß Sie auch solche sind wie Vater Dimitrij Dudko oder Vater Gleb Jakunin. Jeden Abend höre ich westliche Sender. Halten Sie durch, und fürchten Sie nichts!"

Schwester Marusja

Beeindruckt hat uns auch die Begegnung mit Schwester Marusja. Wir waren eben in dem Dorf Petschory angekommen. Uns war klar, daß man uns in einem Männerkloster keine Unterkunft geben könne. Deshalb fingen wir an, nach einer Bleibe für die Nacht zu suchen. Das Dorf Petschory selbst hat sich mit der Zeit in ein dichtes, geheimes

Kloster verwandelt. Frauen, die neben dem Kloster wohnen, nahmen die Pilger heimlich auf. Häufig gibt es Hausdurchsuchungen durch die Polizei und Geldstrafen. Aber ungeachtet der schweren Strafmaßnahmen und der Drohungen gewähren die Einwohner des Dorfes den Pilgern, die aus ganz Rußland angereist kommen, Einlaß. Wir schliefen während unserer Reise in diesen „Klöstern" dicht beieinander auf dem Fußboden in Bauernhütten, auf Dachböden und in Scheunen, in Ställen und auf Holzstapeln.

Nachdem ich an die Tür eines der Häuser geklopft hatte, sagte ich nach Art der Klosterbesucher: „Herr Jesus Christus, Sohn Gottes, erbarme Dich meiner, der Sünderin."

Als Antwort erklang: „Amen."

Wir gingen in die gute Stube hinein. Sie war schon voller Leute. Aber es fand sich auch für uns ein Platz in der Diele, neben einer Pilgerin: der Sklavin Gottes, Marusja.

Marusja ist, wie wir später merkten, ein Typ, wie es ihn unter den Pilgern des einfachen Volkes häufig gibt. Sie ist 58 Jahre alt, klein, grau, in ein Kopftuch gehüllt, und hat leichte Schuhe an den Füßen. Lesen und schreiben kann sie nicht. Ihr ganzes Leben lang hat sie den Haushalt geführt und die Kinder versorgt. Sie lebte in einem Dorf bei Saransk.

Im Winter hatte sie einen Traum. Sie träumte, sie esse Menschenfleisch. Dieses Fleisch blieb ihr unangenehm im Mund stecken. Sie sah auch noch eine tote, aufgedunsene alte Frau in ihrem Traum: „Als ob ich selbst diese Frau wäre", sagte sie.

Dieser Traum ließ sie erkennen, daß sie schon lange nicht mehr zur Kommunion gegangen war. Dazu muß man wissen, daß die Kirche etwa 20 km von ihrem Dorf entfernt ist.

Nach einem Monat hatte sie einen weiteren Traum: Aus dem Mund zieht sie Eingeweidewürmer heraus. Noch einmal ging sie in die Kirche und zur Kommunion. Aber sie verstand, daß das zuwenig war: „Es geht sowieso bald ans Sterben." Sie verkaufte ihr Vieh, vier Tiere. Das Geld zahlte sie auf ihr Sparbuch ein und vergrub dieses in ihrem Haus unter dem Fußboden. Einrichtung, Möbel, Wirtschaftsgut, alles, was sie sich in langjähriger unermüdlicher Arbeit für das Alter erspart hatte, lastete nun auf ihrer Seele. Nachdem sie alles aufgegeben hatte, machte sie sich als Pilgerin auf den Weg zu den heiligen Stätten. Vier Monate ist sie schon unterwegs. Mit leidenschaftlicher Überzeugung sagt sie: „Soll doch alles zugrunde gehen, sollen sie doch dort die Häuser zerschlagen und alles für sich nehmen, das Haus und die Ziegelsteine und das Geld. Wozu brauche ich das alles? Ich habe genug davon. Es ist Zeit, zu Gott zu gehen. An das Paradies denke ich nicht einmal. Wohin sollte ich denn ins Paradies. Wenn ich wenigstens irgendwo in der Hölle, ganz am Rande, einen Platz bekäme."

Die Bibel hat sie kein einziges Mal in ihrem Leben gesehen. Sie fragt, ob das ein großes Buch sei. Den Inhalt des Evangeliums kennt sie nur verschwommen, weiß aber, daß „es notwendig ist, Schätze zu sammeln für den Himmel". Und was sie weiß, versucht sie ohne Zögern auszuführen. Marusja erwartet, wie andere Pilgerinnen auch, das Ende der Welt: „Siehst du, die grünen Blätter fallen mitten im Sommer herab, die Endzeit naht."

Oder: „Ist es wahr, daß bald Krieg mit China sein wird, wie es in der Bibel geschrieben steht?"

Nachdem vor kurzem in Rußland eine Paßreform durchgeführt worden war und die Bevölkerung neue Pässe mit einem roten Umschlag erhalten hatte, fragte sie: „Darf man die neuen Pässe in die Hand nehmen? Was steht darüber in der Bibel? Ich habe viele Zweifel, ob sie nicht vom Antichristen sind?"

Unter den Frauen gab es Gespräche, voller Unruhe darüber, daß man bald jedermann „zum polnischen Glauben" (so nennen sie den Katholizismus) bekehren werde. Dies sind Nachklänge des ökumenischen Kongresses, der kurz vorher in Moskau stattgefunden hatte.

„Aber warum hast du denn Angst vor dem Katholizismus", fragten wir Marusja.

„Wieso, warum? Sie erkennen nur Christus allein an. Aber die Himmelskönigin und die heilige Dreifaltigkeit verehren sie nicht, und die Männer beschneiden sie. Die Endzeit ist gekommen. Denn habt ihr gehört, in Amerika gibt es in den Kirchen eine Scheußlichkeit – Frauen wurden Priester."

Jeden Tag und jede Stunde bereitet sie sich auf das Ende der Welt vor, und sie denkt, daß es nachts sein werde.

Zu uns sagt sie: „Warum schlaft ihr nicht in einem Nachthemd? Der Herr wird kommen, und du wirst in Hosen vor ihn treten."

Bei den Mönchen und bei den Betern entgeht ihr nichts. „Hast du nicht eben gesehen, wie der Mönch auf deinen langen Rock geschaut und etwas gesagt hat?"

„Dieser junge Diakon gafft auch so nach allen Seiten. Aus ihm wird kein Mönch."

„Du bist die ganze Messe hindurch nicht richtig gestanden. Bald auf dem einen Bein, bald auf dem anderen. Der Teufel hat dir wohl Nüsse unter die Füße geworfen. Ich habe dich die ganze Messe hindurch beobachtet."

„Wenn sich dir der Teufel auf die Augenlider setzt, wenn du schlafen willst, sprich sofort ein Gebet: Herr, erbarme Dich meiner!"

„Wir haben schreiende Frauen gesehen, wie in ihnen der Teufel lautes Brüllen ausstößt. Vater Antonij erteilte ihnen strenge Verweise, und da ist der Teufel in ihn hineingefahren. Er geht seit kurzem umher und brüllt ..."

Schwester Marusja, die furchtlos alles aufgegeben hat und Gott gefolgt ist, ist sehr ängstlich. Sie hat viel von „psychiatrischen Krankenhäusern" gehört und ist sehr erschrocken, weil sie aus ihrem Dorf den neuen roten Paß nicht mitgenommen hat. Und ohne Papier existiert der Mensch bei uns nicht, und alle wissen das ganz genau. Marusja hat Angst, daß man sie wegen „Landstreicherei" und wegen Parasitentums verhaften und in ein psychiatrisches Krankenhaus stecken wird. Die Angst erdrückt im Glauben Marusjas alle anderen Gefühle. Da ist vor allem die Angst vor dem Jüngsten Gericht, von dem sie beständig spricht. In ihrem Bewußtsein ist der Gedanke, daß der Mensch nach seinen Verdiensten gerichtet wird, ganz fest verwurzelt. Den Gedanken der vollen Vergebung versteht sie kaum: „Ich hoffe auch nur auf das Eintreten der Allerheiligsten Herrscherin." Der Gedanke an die Gottesmutter erhebt sie denn auch über die Hoffnungslosigkeit ihrer Zukunftserwartung.

Mehrmals hörten wir auch von ihr die Geschichte, wie ein „hoher Beamter mit Klappen" (sie meinte die Schulterstücke an der Paradeuniform) sein sieben Jahre altes ungetauftes Kind begraben ließ. Er träumte, daß die Kinder irgendwo auf einer Wiese spielen, aber sein Kind ist nicht unter ihnen. Da fragt der General: „Wo ist denn meines?"

„Dort", gab man ihm zur Antwort.

Aber dort, wo die Kinder hinzeigen, ist solch eine Finsternis, daß man nichts sehen kann.

„Warum bist du nicht mit den anderen Kindern zusammen?" fragt der Vater.

„Man läßt mich nicht dorthin, ich bin nicht getauft."

Nach diesem Traum ließ der General seine anderen Kinder und sich selbst taufen und verlangte mit seiner Frau nach der kirchlichen Trauung. Er erzählte all das einem Priester und fügte hinzu: „Schreibe, wohin du willst, jetzt ist alles ganz egal."

Das Wort „Atheist" verstehen diese Frauen nicht. Sie verstehen „Kommunist" und meinen damit: der schlimmste Feind der Religion. Schwester Marusja gerät oft in Rührung und weint. Sie ist zur Selbstkritik fähig: „Da lebte früher einmal eine. Sie hat mir mehrmals erzählt, daß der

Priester ihr einmal nicht die Hand gereicht habe zum Kuß für den Segen. So fing ich danach an, sie zu verachten. Und da, wie ich zum gleichen Priester ging, um den Segen zu bekommen, reichte er auch mir nicht die Hand zum Kuß. So kommt es heraus, daß ich gesündigt habe. Man darf niemanden verachten."

Der Morgen

In der Frühe, als es kaum tagte, weckte uns Marusja: „Es ist Zeit zur Messe!" Wie kleine Rinnsale strömen die Dorfbewohner und Pilger zur morgendlichen Liturgie ins Kloster zusammen. Der Gottesdienst wird in der Maria-Himmelfahrts-Kirche gefeiert, die einer Höhle gleicht und geheimnisvoll und warm ist.

Direkt neben dem Eingang zur Kirche kniet eine Frau und ruft ganz laut (woher hat sie nur soviel Kraft in ihrer Stimme!): „Meine Lieben, laßt euch nicht dadurch in Versuchung bringen, daß die Gottlosen die Ikonen verbrennen. Geratet nicht in Verwirrung dadurch, daß unsere orthodoxen Kirchen niedergerissen worden sind und daß von denen, die noch stehen, die Gottlosen die Kreuze heruntergeschlagen haben! Euer Herz soll nicht in Verwirrung geraten! Ohne den Willen Gottes, meine Lieben, fällt kein einziges Haar vom Haupt! Und geratet auch nicht darüber in Verwirrung, daß man alle Priester umgebracht hat: Sie beten jetzt für uns Sünder vor Gott im Himmel! Sprecht, meine Lieben, beichtet. Wenn kein Priester da ist, so falle vor einer Ikone auf die Knie. Schütte der Gottesmutter deine Seele aus, wie du sie vor deiner leiblichen Mutter ausgeschüttet hättest. Sie wird dich nie im Stich lassen!"

Das Volk drängte sich um die Schreierin. In der beständigen Stille des Klosters ist dieses Schauspiel offensichtlich ungewöhnlich. Schließlich kam einer der älteren Mönche herbei: „Eudokija, steh auf, hör auf damit, geh zum Gottesdienst."

Die Frau gehorchte sofort, stand demütig auf und ging in die Kirche.

Vater Feodorit

Auch wir gingen hinein. Wir stellten uns in einer langen Reihe für die Beichte an. Vater Feodorit, ein noch nicht sehr alter Mönch mit einem ernsten, schlichten Gesicht, sagte vor der Beichte ein paar Worte. Er sprach von denen, die sich in der Kirche nicht richtig zu benehmen wissen. Während der Messe solle man nicht herumlaufen, man dürfe nicht endlos die Ikone küssen. Auf die Ikone müsse man direkt schauen: „von Angesicht zu Angesicht". Wenn das Evangelium vorgelesen werde, müsse man erstarren, weil der „König der Könige" in die Kirche eintrete. Sobald die Lesung des Evangeliums beginne, würden einige zu husten anfangen, da der Satan speziell diesen bedeutsamen Augenblick abwarte, um hier Schaden anzurichten.

Bei der Beichte klagten viele darüber, daß sie immer wieder in Zorn gerieten und sich mit ihren trunksüchtigen Ehemännern stritten. Vater Feodorit sagte dazu: „Wenn ihr streitet, heißt das, daß ihr genauso wie dieser Trunkenbold dem Teufel dient. Euer Mann wird danach noch mehr trinken. Ihr sollt lieber beten, und der Teufel wird weggehen."

Der Pilger

Ich hatte ihn schon am Vortag bemerkt, als ich zum ersten Mal in die Kirche gekommen war. Es war ein kleiner, stark verwirrter Mann. Man sah ihm an, daß er ein schweres und mühevolles Leben hinter sich hatte. Sein Kopf und sein Gesicht steckte unter schwarzem, kurzgeschorenem und borstigem Haar, die Arme waren mit Tätowierungen bedeckt. In seinen Händen hielt er ein Einkaufsnetz mit bestrichenen Broten und einer Wasserflasche. Auch er war eben erst angekommen.

In der Kirche läuft er alle Ikonen der Reihe nach ab. Er preßt seinen Mund mit tiefem Gefühl an jede, küßt sie mehrmals, offensichtlich ohne darüber nachzudenken, was auf der Ikone dargestellt ist.

„Was küßt du denn da?" fragte eine alte Frau, „das ist doch die Hölle."

„Ah", winkt unser Pilger lächelnd und gleichgültig ab, „mir ist das völlig gleich."

Als er von einem anderen Pilger hört, welche Qualen dieser in einer psychiatrischen Klinik wegen seines Glaubens durchlitten hat, gerät er in Wut auf die Peiniger. Seine Sprache klingt überzeugt und leidenschaftlich: „Laß es gut sein, Gott, der Herr, kennt ihre Taten. Ein schreckliches Ende erwartet sie. Habt ihr vom Bermuda-Dreieck gehört? Dort gehen jeden Tag Schiffe und Flugzeuge zugrunde. Noch kein einziges hat man gefunden. Und in Rumänien sind vor kurzem 80000 Menschen umgekommen. Aber das ist noch nicht alles! Ihr werdet sehen!"

Alle Gläubigen nimmt er mit absoluter Liebe an wie seine Brüder und Schwestern, den Mönchen gegenüber bezeugt er Ehrfurcht. In Ergriffenheit versucht er, ihnen die Hände zu küssen.

Bruder Dimitrij

Wir sahen ihn zum ersten Mal neben dem Brunnen mit dem heiligen Wasser im Klosterhof stehen. Bruder Dimitrij sah aus wie ein Bauer, er war von kleiner Gestalt, ungefähr in mittlerem Alter. Er trug ein besticktes Hemd, eine abgetragene Jacke, Pluderhosen und einen Hut. Das ausgemergelte Gesicht war das eines einsamen Menschen, eines Menschen, der viel durchlitten hat.

Als wir uns Dimitrij genähert hatten, machte er gerade vor, wie man in der psychiatrischen Klinik Tabletten schlucken muß. Er öffnete den Mund und zeigte, daß die Tablette schon nicht mehr da sei, daß er sie geschluckt habe. Aber dann plötzlich spuckte er sie wieder heraus. Auf Drängen der Pilger führte er diese Methode noch einmal vor, schluckte eine „Erdbeere" und spuckte sie ein paar Sekunden später wieder aus, einem Zirkustrick nicht unähnlich. Dann zeigte er, wie man am ganzen Körper zittern muß, damit man eine Spritze verhindern kann. Seine bitteren Kenntnisse hat er sich erworben, als er insgesamt zehn Jahre in psychiatrischen Kliniken zubrachte, in die er seines Glaubens wegen gesteckt wurde. Später schenkte er uns ein Stück Papier, auf das er seine traurige Geschichte geschrieben hatte. Zwar hatte er sie einige Male umformuliert, aber er konnte sie doch nicht zu Ende bringen. Hier ist seine Geschichte:

„Ein Vierteljahrhundert lebte ich als Dummkopf. Dann, nach der Zeit in der Armee, hielt man mich für einen Narren. Für meinen einfachen Glauben bin ich so bestraft worden. Gott hat mich auf diese Weise berufen. Er hat mir immer zugeflüstert und mich belehrt. Die menschliche Sprache hat keine Worte, um die ganze Schwere und Bitterkeit jener Leidensbecher auszudrücken, die ich nach dem Willen meines himmlischen Vaters ausgetrunken habe – um der Wahrheit und um der Gerechtigkeit willen.

Das Leben hat für mich keine Freude, und es ist schwer, weil ich die Wahrheit liebe und nichts Böses getan habe. Es bestand aus andauernden Qualen und Prüfungen. Das Leben habe ich nicht kennengelernt, ich konnte nicht heiraten. Ich habe mich auch nicht herumgetrieben, dazu hat mir Gott die Zeit nicht gegeben. Zehn Jahre lang in psychiatrischen Kliniken – so hat Er mich berufen. In Qualen und schweren Leiden hat Er mich nicht im Stich gelassen.

Nach dem Militärdienst in den Jahren 1953 bis 1956 hat es Gott gefallen, ein Wunder an mir zu wirken. Nach der Armee machte ich den Führerschein für das Motorrad. Ein Jahr und drei Monate nach der bestandenen Motorradprüfung wurde ich von Gott überzeugt, Motorradsport zu treiben und das Prinzip des Motors zu studieren. Aber ein eigenes Motorrad sollte ich trotzdem nicht haben. Von Kindheit an hatte ich mir gewünscht, mich mit technischen Dingen zu beschäftigen. Nach dem ersten Training gefiel es Gott, mich zur Einzelmeisterschaft der Stadt zuzulassen.

Sonntag, der 18. Mai 1958, war in der Spiritusfabrik der Stadt Bijsk ein Arbeitstag. Ich habe dort insgesamt sieben Monate gearbeitet, war als Zimmermann aufgenommen worden, im Verlauf der Arbeitszeit habe ich mir Kenntnisse angeeignet, Prüfungen erfolgreich abgelegt und bin vorangekommen. Ich bin aufgestiegen zum Schlosser und schließlich zum Elektroschlosser; von fünf Fachgebieten war Elektroschlosser am meisten nach meinem Geschmack: man hat frische Luft, und die Arbeit ist sehr einfach, aber es war mir nicht beschieden, lange dort zu arbeiten. Am 18. Mai ..."

Hier bricht die Beichte des Bruders Dimitrij jäh ab. Er hat es nicht über sich gebracht, zu schreiben, wie am Sonntag, dem 18. Mai, sein Kreuzweg begann, wie die „Erste Hilfe" angefahren kam und wie grobe, vor Gesundheit und Kraft strotzende Sanitäter ihn mühelos in den letzten Kreis der Hölle brachten: in die psychiatrische Klinik, wo der Mensch keinerlei Rechte hat und wo man schrittweise sein Gehirn zerstört, die Seele foltert, den Körper tödlich vergiftet.

Die Starzen

Die Starzen sind der Stolz des Klosters. Der Ruhm ihres Scharfsinns, ihrer Weisheit und Heiligkeit verbreitet sich in ganz Rußland. Aus Kasachstan und Sibirien, aus dem Norden und aus der Ukraine fährt man zu den Starzen. Viele kommen einfach, um sich von ihnen segnen zu lassen, andere nur, um sie zu sehen. Es ist schwer, zu einem Gespräch mit einem Starzen zu kommen, so viele wollen zu ihnen, so groß ist die Menschenmenge, die sie überall umgibt, wo immer sie sich auch zeigen. Schon vor meiner Bekehrung hatte ich von meinen Yoga-Freunden von großen „Gurus" gehört, so nannten sie Vater Jakow und Vater Antonij (die Namen der Starzen sind geändert), berühmte Starzen des Petschorsker Klosters. Die Starzen unterhielten sich mit allen, sogar mit den Yoga-Anhängern; sie haben dabei auf wunderbare Weise verstanden, daß unter den Verhältnissen des modernen Rußland die Wege zu Gott noch unergründlicher werden als früher. War doch Yoga für viele von uns der erste Schritt zu Christus.

Vater Tichon

Vater Tichon war der erste Starez, den zu sehen mir gelang. Nach einem langen Gottesdienst in der kleinen Holzkirche eines Frauenklosters bei Riga, nach einer bescheidenen gemeinsamen Mahlzeit im Speisesaal des Klosters zogen die Menschen zum Häuschen des Archimandriten Tichon. Schon früher hatte ich die ungewöhnlichsten Dinge über diesen achtzigjährigen Starez gehört. Man hatte mir erzählt, wie er einmal in der Jugend ins Wasser gefallen war. Er war schon auf dem Grund des Flusses und fuhr dennoch fort zu beten, die Hände in Form eines Kreuzes auf die Brust gelegt. Da stieß ihn der wildbewegte Fluß, der bei dem hohen Wasserstand im Frühjahr über die Ufer getreten war, wieder hinaus, und er wurde gerettet. Wie fast alle anderen Starzen hat Vater Tichon lange Jahre in Lagern und Gefängnissen zugebracht; von 25 Jahren insgesamt war die Rede. Man erzählt, daß er im Lager trotz der unmenschlichen Lebensbedingungen, die darauf angelegt sind, den Menschen zu vernichten, Zeit für den täglichen Gottesdienst fand. Er stand eine Stunde früher auf als alle anderen und feierte die Messe still allein für sich. Abends räumte er noch für die übrigen Häftlinge auf – er war mit Dieben zusammengesperrt –, und niemals hörte man von ihm einen Vorwurf, niemals hat er jemanden um Beistand gebeten, nie hat er versucht, mit Worten Einfluß auszuüben. Wie die Frauen im Kloster erzählen, kam die Mehrzahl dieser Verbrecher, die mit Vater Tichon zusammen in Haft saßen, als tiefgläubige Menschen wieder in die Freiheit.

Neben dem Häuschen des Archimandriten stellte sich eine lange Reihe auf. Da waren nicht nur einfache Frauen, sondern auch Künstler aus Moskau sowie zwei oder drei Hippies mit umgehängten großen Kreuzen auf der Brust.

Ich hatte Glück – der Starez fand genügend Zeit, mich noch vor der Vesper zu empfangen. Ich war gerade erst Christin geworden. Ich wußte nicht einmal genau, was für eine: eine orthodoxe, eine Katholikin oder eine Lutheranerin – so unbedeutend schienen mir alle diese Unterschiede. Aber abgesehen davon, hatte ich eine Unmenge anderer Fragen und Zweifel. Ich wußte doch noch sehr wenig vom Christentum. Es war unpassend, den Starez lange aufzuhalten, deshalb wählte ich eine der Fragen aus, die mich am meisten quälten:

„In Ihrer Predigt haben Sie die ganze Zeit von Gottesfurcht gesprochen. Aber warum sollen wir uns denn fürchten: die ganze Welt ist voll vom Ruhme des Herrn, hat denn Gott, der Herr, nicht selbst gesagt, daß ‚der Fürst dieser Welt daraus vertrieben wird'? Sind wir denn nicht endgültig vom Bösen erlöst worden?"

Vater Tichons Antwort erstaunte mich: „Sie denken wie Adam im Paradies. Sie sind noch keine echte Christin geworden, weil Sie nicht verstanden haben, daß der echte Christ den Weg des Kreuzes wählt und die höchste Freude gerade darin besteht, das Kreuz Christi zu tragen. Aber beeilen Sie sich nicht: Mit der Zeit wird sich Ihnen das alles auftun."

Und tatsächlich: Sehr schnell wurde ich aus meiner anfänglichen Euphorie der Neubekehrten in die Wirklichkeit unerwarteter Prüfungen gestellt. Damals begann ich das Leiden ebenso offen anzunehmen wie die Freude, die mir Gott in solchem Überfluß gegeben hatte. Und die Worte aus dem Evangelium wurden mir klar: „Mein Joch ist sanft, und meine Last ist leicht."

Vater Jakow

Die Starzen sind richtige Ärzte. Nie habe ich leere und schmeichlerische Worte von ihnen gehört. Die Arznei, die sie geben, ist oft bitter, aber sie wirkt immer. Keiner geht von einem Starez im Zustand der Verzweiflung oder auch nur traurig weg. Alle verlassen sie getröstet, mit hellen und verjüngten Gesichtern. Nicht nur ihre geistige und seelische Weisheit ist spürbar wirksam, sondern auch die Kraft ihres Gebetes, die Kraft der konkreten, direkten Liebe, die jeder sogleich spürt, der mit ihnen zusammenkommt. Es wirkt auch das grenzenlose Vertrauen, das das Volk ihnen entgegenbringt. Tausende und aber Tausende Menschen in Rußland leben davon, daß sie sich daran erinnern, wie sie mit dem Starez gesprochen haben, welche Belehrungen er ihnen mitgegeben hat. Der Starez ist die Ikone Gottes. Selbst wenn man ihn nur ein einziges Mal gesehen hat, versteht man, daß man nicht mehr so leben darf wie früher, daß von diesem Moment an alles im eigenen Schicksal von dieser Schönheit her und in diesem segensreichen Licht auf seine Richtigkeit hin überprüft werden wird. Die Heiligkeit wird in der Person des Starez Aufruf und Forderung. Meine Freundin sagte irgendwann einmal: „Wenn der Starez Jakow *so* ist, wie muß dann erst Christus selbst sein!"

Dem Starez Jakow, der von Liebe strahlt, folgte eine riesige Menschenmenge, wo immer er sich auch zeigte. Die Menschen fühlten den Reichtum des Segens, der von ihm ausging, ganz konkret. Das ging manchmal bis zu einem heidnischen Fetischismus: viele drängten sich, die Kleidung des Starez zu berühren. Sie sagten, daß auch von ihr eine geistige Kraft ausgehe.

Selbstverständlich führten die Starzen selber einen Kampf gegen eine solche „Vergötzung" ihrer Person. Demut ist ihre Haupteigenschaft. Der Starez Jakow sagt oft von sich selbst: „Ich bin eine Matte unter den Füßen der Menschen." Und weiter: „Ich will immer auf ein Bänkchen springen, aber ich befinde mich unter ihm. Ich will auf ihm sein, aber es fällt auf mich. Und so klettere ich immer wieder erneut hinauf, ohne müde zu werden."

Vater Jakow hat als Priester eine große geistige Weite. Ich und andere „intellektuelle" Gläubige, die sich für äußerst tolerante Menschen hielten und sich über nichts wunderten, waren über diese Weite der Ansichten des Starez erstaunt: eine Weite, in der es zugleich keinerlei „Liberalismus" oder Gleichgültigkeit gab. Offensichtlich war sie, ebenso wie der Mut, das Ergebnis der inneren Ruhe, einer inneren Kraft und des Vertrauens auf Gott.

Der Starez hatte ungewöhnlich großes Verständnis für das Leiden. Ich erinnere mich, wie wir einmal nach dem Gottesdienst in der Himmelfahrtskirche in einer langen Reihe anstanden, um seinen heiligen Segen zu bekommen und um ihm die Hand zu küssen. Da betrat ein Mann die Kirche. Es war mein Bekannter Nikolaj, der gerade mit dem Autobus in Petschory angekommen war. Ich wußte um sein schweres Schicksal. Er hatte sich gerade von der

Welt losgerissen, die für ihn voll ungelöster tragischer Konflikte in Familie und Beruf war. Auf seinem müden und jungen Gesicht stand das Gefühl der Katastrophe und der Verlassenheit. Dieses Gesicht bildete den stärksten Kontrast zu den anderen ruhigen und versöhnten Gesichtern der Menschen nach einem langen Gottesdienst. Nikolaj stellte sich unsicher an das Ende der langen Reihe an, um den Segen zu erhalten. Aber der Starez bemerkte ihn sofort, ging auf ihn zu – er sah ihn zum ersten Mal –, umarmte ihn und küßte ihn auf die Stirn, auf die Wangen, auf den Hinterkopf. So kann nur eine Mutter ihr leidendes Kind liebkosen. Er fragte Nikolaj, woher er gekommen sei und wann er zu ihm zur Beichte kommen könne. Wenn ich an diese Szene zurückdenke, erscheint mir mein eigenes Herz nicht mehr christlich gebildet, sondern grob und steinern.

In mir selbst spürte ich in der Folgezeit die Kraft der Liebe, die von diesem Starez ausging. Aus dem Gespräch mit ihm nahm ich das Gefühl der grenzenlosen Versöhnung mit der ganzen Welt mit, einer Versöhnung, die nicht nur den Menschen, sondern auch die Tiere und die Steine umfaßte. Mir wurde damals bewußt, wieso der Heilige Geist der Tröster-Geist genannt wird. Gerade der Heilige Geist war damals mit uns. Der Starez sprach streng und ohne Umschweife über meine Fehler zu mir, über meine Hast und Unreife; aber ich ging getröstet von ihm weg, so als ob ich im Paradies gewesen wäre. Ich erinnere mich, daß er nicht einmal seine Absicht zu trösten verbarg. Er sagte oft im Gespräch zu mir: „Na, na, wie kann ich dich denn sonst noch trösten?" Seine Liebe war so vornehm, aber auch so zärtlich und so stark, daß ich keine Angst hatte, ganz offen mit ihm zu sprechen und alles zu sagen, was mich bedrückte. Im Gespräch, so schien es mir, verneigte er sich vor jedem Grashalm. Er sagte nicht „Apfel", sondern „Äpfelchen". Er selbst war eine von Gott durchstrahlte und erneuerte Persönlichkeit, und die ganze

Welt um ihn herum begann zu klingen, erfüllt von göttlicher Harmonie und Kraft.

Es gab beim Starez Jakow keine Antworten allgemeiner Art. Wie immer er an die Menschen heranging, war er von unbedingter Konkretheit: „Jeder Mensch hat seinen eigenen Weg zu Gott. Jedem muß man nach seinem Maß geben", so hörte ich ihn sagen.

Ich erinnere mich, wie er in meiner Anwesenheit mit einigen Frauen sprach, die um seinen Segen für die Ehe baten. Die Frage der Ehen und der Ehescheidung ist in unserer schweren Zeit in Rußland ganz dramatisch geworden. Es gibt selten eine Ehe, die man als normal bezeichnen oder für gelungen halten kann. Und die Hälfte der Ehen im Lande endet mit der Scheidung. Deshalb geben die Starzen nicht so schnell ihren Segen. Einer der Frauen, die darum baten, stellte Vater Jakow die Frage: „Kannst du einen Heiligen gebären? Wenn du dazu bereit bist und es kannst, dann heirate, wenn nicht, segne ich dich nicht."

Einer anderen sagte er: „Du bist doch eine gelehrte Frau, die Wissenschaft war für dich immer das allerwichtigste. Aber die Ehe verlangt viele Opfer. Bist du fähig, deine wissenschaftlichen Tätigkeiten aufzugeben, um einen großen Teil deiner Zeit Dingen zu widmen, die für dich langweilig sind: dem alltäglichen Leben, dem Einkaufen, dem Waschen? Und wenn Kinder geboren werden, wirst du unweigerlich ein solches Opfer bringen müssen. Denke darüber nach!"

Und so sprach er zu jeder, entsprechend ihrer inneren Verfassung.

Uns Neubekehrten sagte Vater Jakow gern: „Bereitet Euch auf eine lange Wegstrecke vor, beeilt Euch nicht." Gleichzeitig war er anspruchsvoll, er achtete streng darauf, daß es einen geistigen „Fortschritt" gebe und daß seine geistigen Kinder „einen Sieg nach dem anderen errängen".

Vater Antonij

Vater Antonij ist ein in ganz Rußland bekannter Exorzist. Er ist abgemagert, klein, ganz grau. Aber er ist ein noch gar nicht alter Mönch, noch keine 60 Jahre. Aus dem ganzen Land kommen Besessene, Tobsüchtige, auch einfach kranke Leute ins Kloster gefahren. Interessant ist, daß sich im gewöhnlichen Alltag diese Tobsüchtigen und Besessenen durch nichts von den übrigen Menschen unterscheiden. Im Kloster aber offenbart der Mensch beides: sowohl das Beste in ihm als auch das Schlechteste. Meist sind diese Unglücklichen Frauen. Es gibt auch Männer, aber weniger. In der Welt fühlen viele von ihnen eine beständige, unerträgliche, niederdrückende Schwere. Dieses Gefühl treibt sie dazu, in den Klöstern Befreiung zu suchen. Bisweilen hört man während der Liturgie im Petschorsker Kloster lautes Heulen und Schreien: die einen brüllen wie Tiere, andere werfen sich immer wieder auf die Erde, wieder andere stoßen im Zorn Gotteslästerungen aus. Es ist nicht leicht, solch eine Schreierin zur Kommunion zu führen – ein paar Leute halten sie unter Aufbietung aller ihrer Kräfte. Immer wieder hat mich die völlige Ruhe des die Kommunion austeilenden Priesters erstaunt. Er wirkte „wie einer, der Macht hat", wie ein Arzt, wie ein Sieger. Nach dem Empfang der heiligen Gaben beruhigten sich die Schreierinnen gewöhnlich, ihre Gesichter wurden weich und sanft, viele weinten lautlos.

Zweimal in der Woche macht Vater Antonij den Exorzismus. Fremde haben dazu keinen Zutritt. Der Starez liest einige Stunden hintereinander bestimmte Gebete. In jenen Tagen half ihm ein junger Mönch. Alle übrigen, es waren ungefähr 20 Personen in der Kirche, waren als Patienten zum Starez gekommen. Anfangs schrien die Besessenen, spuckten den Starez an, wälzten sich auf dem Boden. Aber allmählich wurden einige von ihnen schwächer, andere fingen an dem Starez zu helfen, stellten Kerzen auf, beteten gemeinsam.

Nach den sowjetischen Gesetzen gilt so etwas als widerrechtliche Heilung. Wer ohne Diplom und ohne ärztlichen Ausweis heilt, wird streng bestraft. Nach dem, was ich im Kloster hörte, hat die Polizei Vater Antonij einige Male stark geprügelt, fast bis zum Tod. „Die Rache der Teufel", so sagte man im Volk. In Gegenwart anderer Mönche wurde er brutal auf die Augen geschlagen. Ich fragte einen aus der Klostergemeinschaft: „Aber warum haben Sie sich denn nicht für ihn eingesetzt?" Der Mönch hat mir geantwortet: „Es ist nicht Mönchsart, sich in Gottes Handwerk einzumischen. Vater Antonij wollte das Leiden annehmen, und er war bereit, es auf sich zu nehmen."

Vater Alipij

Vater Alipij ist Klostervorsteher. Oft stand er auf dem Balkon seines Häuschens. Und ein wenig verhielt er sich wie ein Narr in Christo. Mit den Ankömmlingen führte er häufig Dialoge von seinem Balkon herunter. Seine Menschenkenntnis war untrüglich. Da trat etwa eine junge Frau an diesen Balkon heran, gut angezogen, die Augen gesenkt: „Segnen Sie mich, Vater Alipij, ich will ins Kloster eintreten."

„Du ins Kloster? Ich segne dich nicht."

Und weiter, schon ärgerlich: „Gehe als Krankenschwester ins Krankenhaus. Du wirst trinken, du wirst anfangen zu schimpfen, aber bei solch einer Arbeit wirst du gerettet werden. Doch im Kloster wirst zu zugrunde gehen. Ich segne dich nicht."

Oft schauen Touristengruppen ins Kloster herein. Ihnen geht es um die Besichtigung eines „Kulturdenkmals", sie wollen die Exotik des Mönchslebens sehen. Diese Touristen sind meistens verunsichert. Viele von ihnen fürchten, daß sie in eine ganz andere Welt geraten sind; es ist für sie zwar interessant, aber sie wissen nicht, an wen sie sich wenden sollen, wen sie ausfragen könnten, sie haben keinen Anhalt, wie sie sich bewegen, die Besichtigung unternehmen und sich unterhalten können in diesen ungewohnten Verhältnissen. Verglichen mit der Schönheit der gemessenen Bewegungen der Mönche, wirken diese hastigen Touristen absurd und wie verloren. Einigen von ihnen sieht man an, daß sie sich ihrer Neugier schämen. Andere, viele sind es nicht, führen sich provozierend auf. Die Begegnung mit jungen Gläubigen, so wie meine Freundin und ich es waren, läßt sie in Rage geraten. Wie ist es möglich, daß sich im Jahrhundert der Wissenschaft und des Kosmos junge Menschen mit intelligenten Gesichtern im Kloster bekreuzigen, Verbeugungen machen und ihren Kopf mit Tüchern bedecken! Sie haben völlig den Verstand verloren! Einige besonders unruhige Touristen sind voller Verlangen, den Kampf mit dem religiösen Betäubungsmittel aufzunehmen. Die Mönche schweigen dazu, sie gehen ihrer Gewohnheit nach, aber der Klostervorsteher, Vater Alipij, ist da nicht abgeneigt, sich mit den Atheisten etwas zu unterhalten.

„Schämen Sie sich nicht, dem Volk in die Augen zu schauen?" schreit eine der kämpferischen Atheistinnen. „Sie sind Parasiten, Sie ernähren sich auf Kosten des Volkes. Wessen Brot essen Sie denn?"

„Aber wir sind auch das Volk", antwortet Vater Alipij ruhig. „Man darf uns vom Volk überhaupt nicht trennen. Fünfzehn unserer Mönche zum Beispiel haben im Weltkrieg gekämpft. Ich auch."

Natürlich fing Vater Alipij nicht damit an, sich vor dieser Frau darüber auszulassen, daß die Klöster heutzutage 60% ihrer Einkünfte an den Staat abgeben. Sie zahlen „Steuer", und der Staat, der von der Kirche getrennt ist, kann nur neidisch darauf sein, wie gut die Klosterwirtschaft organisiert ist, wie die Mönche mit Gebet und Eifer an der Arbeit sind, wie die Pilger ihre Mithilfe bei Klosterarbeiten als das höchste Glück erachten. Von den Klosterküchen werden im heute hungernden Land ganze Dörfer mit Essen versorgt.

Vater Alipij ist übrigens ein Künstler. Er liebt die schöpferische Jugend sehr. Unsere religiösen Künstler fahren zu ihm, um seinen Rat zu holen und seinen Segen zu erhalten. Heiden und Skeptiker von gestern, diejenigen, die früher jede moralische Norm und Autorität ablehnten, sprechen heute mir Ehrfurcht und mit gedämpfter Stimme diesen Namen aus: „Vater Alipij."

Aus dem Tagebuch einer Emigrantin

Die Vorgeschichte

Vor fast einem Jahr fing es an: im September 1979 haben wir in unserem Land die erste nichtoffizielle, freie Frauenbewegung ins Leben gerufen. Alles begann mit der Gründung der Zeitschrift „Frau und Rußland", die heute in viele europäische und außereuropäische Sprachen übersetzt wird und die die gerade erst entstehende Bewegung auf einmal weltbekannt machte. Zum ersten Mal, nach 60 Jahre langem Schweigen, fingen russische Frauen an, von ihren Problemen zu sprechen. Eine westliche Zeitung, prosowjetischer Ausrichtung freilich, bemerkte nicht ohne Ironie: „Die russischen Frauen sprechen nicht, sie ‚heulen'". Und es war nicht einmal falsch: Das Weinen, Stöhnen und Klagen der gequälten Frauenseele schlug sich in unserer Zeitschrift nieder. Natürlich gab es auch Versuche einer theoretischen oder objektiven Betrachtung der Frage, aber es überwog eine Unmittelbarkeit, die die Zeitschrift auch so lebendig machte. Die Frauen fingen an, offen und informiert darüber zu sprechen, wovon man in unserem Lande beharrlich schweigt: vom Grauen vor dem Leben, das pervertiert wurde in einem täglichen Kampf um das Am-Leben-Bleiben, über die stickige Atmosphäre und den Alpdruck der Gemeinschaftswohnungen, von dem unzumutbaren Zustand der sogenannten unentgeltlichen medizinischen Versorgung, von den auseinanderbrechenden Familien, von der Prostitution in der Sowjetunion und von vielem, vielem anderen.

Der Almanach „Frau und Rußland" schlug ein wie eine Bombe. Die Frauenproblematik war das Zentrum, das in sich verschiedene Strahlen sammelte, wobei alle Entwürfe des Lebens aufgenommen waren, vom höchsten bis zum niedrigsten. Das Leiden der Frau ist das konkreteste, augenscheinlichste und das unverzeihlichste. Und die Frauen leiden bei uns doppelt soviel, wenn nicht dreifach mehr als die Männer: Sie arbeiten wie die Männer, da man mit einem Lohn nicht auskommen kann. Sie plagen sich im Haushalt, der in der Sowjetunion ohne jede Annehmlichkeit ist. Man braucht nur dies hinzuzufügen: Trunksucht, Schlangestehen überall, zunehmender Hunger – und das Bild einer unfreiwilligen Märtyrerin wird, wenn auch verschwommen, auftauchen: das Bild der einfachen russischen Frau.

Aber nicht nur diese sozialen Fragen bewegten uns. Fast alle Frauen in der Bewegung, die sich neu formiert hatte, waren gläubige Christinnen. Die Bewegung erhielt daher den Namen „Maria". Wir sahen ein, daß soziale Veränderungen weder den Mann noch die Frau befreien werden, wenn sie nicht in Verbindung mit der Hauptsache geschehen: mit dem geistigen Umschwung, der in jeder Seele und in der ganzen Gesellschaft vor sich geht. Wir sagten, daß die Frau nur in der Kirche frei sein könne. Die Redakteurinnen des Frauenalmanachs waren auch von früher her schon gute Bekannte des KGB: Julia Vosnesenskaja, Natalja Malachowskaja, Tatjana Mamonowa und ich. Auch früher schon hatte man uns verfolgt, überwacht, verhaftet. Aber mit dem Erscheinen der Hefte „Frau und Rußland" fingen die richtigen Verfolgungen erst an. Dank der Unterstützung der Frauen im Westen, besonders jener Frauen, die ein ganz anderes Programm hatten, der Feministinnen, hat man uns nicht bereits in den ersten Tagen vernichtet. Unsere Gruppe bestand ein ganzes Jahr lang und war dabei aktiv tätig: wir beriefen Frauenkonferenzen ein, gaben die Zeitschrift weiter heraus, protestierten gegen den Krieg in Afghanistan, halfen allen, denen wir helfen konnten.

Eine Woche vor Beginn der Olympischen Spiele in Moskau stellte man uns vor die Wahl: Gefängnis oder Emigration. Wir wählten den Westen. So befanden wir uns am 20. Juli 1980 in Wien, wir, die ersten Begründerinnen der Frauenbewegung. Aber an unsere Stelle traten sogleich andere Christinnen und es ist nicht gelungen, die Frauenbewegung zu zerschlagen. Es war der Wunsch meines Beichtvaters, daß ich in die Emigration und nicht ins Gefängnis gehen sollte, und er gab mir seinen Segen dazu. Die Emigration war also auch Ausdruck meines Gehorsams gegenüber der Kirche.

In der Emigration

29. 7. 1980
Ich war in Wien angekommen. Was ich da empfand? War es das Gefühl der Freiheit? Nein. Frei war ich auch in Rußland. Freiheit – das ist ein Geschenk Gottes. Das ist Verpflichtung, aber kein Recht. Ich hatte das Empfinden, daß ich in eine Welt von Formen geraten war. Alles in dieser Welt fand seinen Ausdruck, jeder Sinngehalt hatte eine vornehme Verpackung. Alle Dinge hier wollen gefallen, sie beeilen sich, auf irgendeine Weise dem Menschen zu dienen. Die Art, wie in der westlichen Ordnung der Mensch im Zentrum steht, diese Form von Anthropomorphismus setzte mich sehr in Erstaunen.

Wenn wir in Rußland wenigstens die Hälfte unserer Lebenskraft gebrauchen mußten, um tausend Hindernisse zu überwinden, die mit der unsinnigen und schwierigen Lebensweise zusammenhängen: der Lärm auf den Straßen, das Gedränge in den Geschäften, die Schlangen vor den Lebensmittelläden, der Kampf um die Beförderung in den öffentlichen Verkehrsmitteln, die allgemeine Grobheit und Gereiztheit usw. – diese Schwierigkeiten gibt es hier nicht. Aber andere: Es gibt so viele schöne Dinge, Dinge, die einen mitreißen – wenn man nicht genügend auf den Himmel ausgerichtet ist. Die Erde kann dich hier auf ewig an sich ziehen.

1. 8. 1980

Die ersten Interviews, Korrespondenten. Kaum sind wir im Westen angekommen, gibt es ununterbrochen Auftritte in der Öffentlichkeit. Ich spreche in riesigen Hörsälen, es gibt begeisterte Empfänge, Applaus. Es ist noch nicht lange her, daß ich in Leningrad jeden Tag erwartete, daß man mich auf der Straße verprügeln, daß man mich in ein Auto werfen oder ins Irrenhaus schleppen würde. Es kommt mir wie erst gestern vor, daß Studienfreunde, mit denen ich den gleichen Kurs besucht hatte, vor mir wegliefen und auf die andere Straßenseite wechselten, daß meine Eltern sich meiner schämten.

Aber hier bemerke ich von all dem Getriebe nichts, ich bin nur schrecklich müde, möchte ausschlafen, die Wiener Luft einatmen. Die Fragen, die mir gestellt werden, sind bei allen die gleichen: „Wie begann die Frauenbewegung in Rußland? Wodurch unterscheidet sie sich vom westlichen Feminismus? Was brachte die Revolution des Jahres 1917 für die russische Frau? Welches sind Ihre Pläne für die Zukunft?"

Nach einigen Pressekonferenzen allgemeinen Charakters kamen Journalisten von verschiedenen Zeitschriften und Zeitungen. Wie sehr wartete ich darauf, daß Katholiken kämen, Evangelische, irgend jemand von meinen Glaubensbrüdern! Aber die kamen überhaupt nicht. Vor allem belagerten uns Feministinnen. Sehr liebe Frauen, verständnisvoll, unabhängig, radikal. Es erstaunte mich sehr, daß sich diese sympathischen Wesen „Hexen" nennen. Wie seltsam war es, das gutmütige und offene Gesicht der amerikanischen Dichterin Robin zu sehen und zu hören: „Ich bin eine Hexe."

Natürlich legen sie in dieses Wort keinerlei religiöse Bedeutung hinein, das Märtyrerideal dieser unglücklichen Frauen, die von der Inquisition verbrannt wurden, zieht sie an. Sie sind der Ansicht, daß das „fortschrittliche" Frauen ihrer Zeit waren, Ärztinnen, Hebammen, daß sie die Stimme der Natur vernahmen, dem Kosmos näher standen. Was die psychologische Seite angeht, so hat uns, die wir aus Rußland kamen, der Typ der westlichen Feministinnen sogar gefallen. In ihrem Streben, bis ans Ende zu gehen, in ihrer furchtlosen Verachtung der Konventionen der öffentlichen Meinung – darin liegt auch ein Mut einflößendes, schöpferisches Moment.

Hauptgesprächsthema und das Thema, an dem sich auch der Streit mit den Feministinnen entzündete, war das Christentum. Und hier mußte ich nicht wenige Anstrengungen aufbringen, um zu zeigen, warum unser russischer „Feminismus" sofort religiösen Charakter hatte und warum die moderne russische Frau nur in der Kirche Freiheit und Trost findet, Kräfte für das Leben und für mutige Taten.

Bei uns hat sich bis heute doch nur die Kirche mit der „Frauenfrage" befaßt. Nur die russischen Geistlichen lösten die wunden Probleme der Erziehung, der unglücklichen Ehen, der Abtreibungen, des Alkoholismus. Unsere Kirche wird heute zu 90% allein von Frauen besucht. Ich versuche, zu meinen westlichen Freundinnen davon zu sprechen, daß die Kirche das Lebendigste ist, was es auf der Welt gibt, daß es der mystische Leib Christi ist ... Aber Mystik verstehen sie schon ganz und gar nicht mehr. Darauf versuche ich, ihnen die Frage von der Position einer Persönlichkeitsvorstellung aus verständlich zu machen. Ich spreche vom Christentum in den Begriffen des Existentialismus und der Psychoanalyse, davon, daß wir im Christentum unsere Infantilität und Einseitigkeit überwunden haben, reife, vollwertige Menschen geworden sind.

Ich bemerke, daß für sie Christentum nichts anderes ist als ein Codex moralischer Vorschriften und ein System von Verboten. Sogar die Allerheiligste Herrscherin wird von ihnen als Furcht einflößende, moralische Abstraktion verstanden, ausgerechnet sie, die uns so nahesteht und die uns so verwandt ist.

Und darin besteht mein Glück – von der Gottesmutter vor Menschen zu sprechen, die schon lange nichts mehr vom Christentum hören wollen. Von ihr mit Liebe dort zu sprechen, wo man sie in ein totes moralisches Ideal verwandelt hat, wo man sich nicht an sie erinnert oder sie fürchtet. Habe ich mir das je träumen lassen?

Natürlich gelingt es mir vorläufig noch kaum, die westlichen Feministinnen zu überzeugen. Aber gut ist es auch, daß sie sehen, wie wirksam das Christentum in der Praxis ist, daß sie sehen, wie es sich erfolgreich gegen Widerstände durchsetzt. Und vielleicht wird Gott, der Herr, auch ihnen irgendwann einmal offenbaren, was für uns nach einer Formulierung des ersten Petrusbriefs das Ideal der Frau ist, das über allem Mut und allem Heroismus steht: „der verborgene Mensch des Herzens mit dem unvergänglichen Schmuck eines sanften und ruhigen Geistes".

20. 8. 1980

Im Fernsehen habe ich die erste religiöse Sendung meines Lebens gesehen. Ich danke Gott, daß es bei uns den Atheismus und keine „religiöse Bildung" gibt. Was dieser Mann auf dem Bildschirm machte, war geeignet, viel mehr Menschen aus der Kirche zu vertreiben als das ungeschickte Geplapper unserer bezahlten Atheisten. Piekfein angezogen, mußte der selbstzufriedene Prediger von der Liebe sprechen. Aber die Art, wie er sich gab, schloß schon von selbst jede Möglichkeit einer Predigt aus. Sie hätte sogar ein einfaches Gespräch mit einem anderen Menschen verhindert. Es war ein langweiliger, schlechter Akteur mit mechanischen und einstudierten Gesten. Er hatte kein Gesicht. Zum ersten Mal verstand ich, wie gefährlich es ist, von Gott zu sprechen!

Jedes Wort muß ein Opferwort sein: bis an die äußerste Grenze mit Echtheit angefüllt. Sonst ist es besser zu schweigen.

5. 9. 1980
Die Schönheit, gepflegt und malerisch, die fröhliche und klingende Schönheit Europas fliegt vor dem Fenster des Autobusses vorbei. Unsere Wege kommen mir wieder in den Sinn, die kleinen Eisenbahnstationen, Landschaften mit niedrigem Himmel und endlosen vernachlässigten Feldern, mit Müll an den Wegrändern, mit zerrissener, ungepflegter Erde, verwaist und unserem Seelenzustand so verwandt.

Dagegen Europa ... Für das Auge eines Russen scheint es wenig Raum zu geben, aber es gibt andererseits auch keine Enge. Die Alpen, die Blumen, die Wälder, es scheint mir alles noch viel schöner, als ich es früher auf Bildern gesehen habe. Aber das verwundete Herz nimmt alles verkehrt herum auf: Je schöner die Landschaften vor dem Fenster meines Autobusses sind, desto beißender wird der Schmerz in meinem Inneren. Die Worte Lermontows kommen mir in den Sinn: „Das Leben ist wie ein Gastmahl auf einem fremden Fest."

Schon den ganzen Monat hindurch sehe ich um mich herum Gesichter, die immer lächeln; alle sind liebenswürdig, wohlwollend, hilfsbereit. Aber in der Seele ist es mir bitter. Plötzlich denke ich an das Gesicht Mischas. Die Erinnerung steht scharf und lebendig vor meinem Gedächtnis. Mischa ist ein Bekannter, den ich in Leningrad in der psychiatrischen Klinik öfters besucht habe. Er war erst vor kurzem Christ geworden. Die Nachbarn seines Wohnblocks hatten ihn in das Irrenhaus gebracht. Zum Glück ist es eine Klinik offenen Typs und keine Gefängnisklinik, und sonntags darf man die Kranken besuchen. Die ganzen letzten Sonntage war ich bei Mischa. Man hat angefangen, ihn mit Medikamenten zu füttern, das heißt: ihn langsam zu töten. Dieser einst so lebendige junge Mann mit den strahlenden Augen wurde jetzt ein Mensch ohne Alter, mit einem aufgedunsenen, stumpfen Gesicht, mit unbeweglichem, gleichgültigem Blick. Noch lange wird dieses Gesicht in meinem Gedächtnis auftauchen als Erinnerung an jene andere Welt, wo das Böse offen daliegt, wo es unmöglich ist, nicht auf das Leiden zu reagieren. Hier bringt mich sogar das Essen, das man mir vorsetzt, in Verwirrung. Alles ist so schmackhaft, verschiedenartig, vieles probiere ich zum ersten Mal. Und wieder wie ein stiller Vorwurf die Erinnerung an Rußland. Der Hunger in der Provinz, Kinder ohne Milch und Gemüse, zermürbende, lange Schlangen, die anstehen für das Allernotwendigste.

Und unsere Alten! Hier sieht eine Frau mit 50 Jahren noch ganz jung aus. Ich täusche mich immer im Alter. Bei uns wäre das eine alte Frau. Krankhaft auseinandergegangene oder im Gegenteil unnatürlich abgemagerte Körper russischer Frauen; Männer, die vorzeitig ergraut sind und wegen des übermäßigen Wodkakonsums nicht mehr sprechen können; kranke Kinder – zum ersten Mal im Laufe all dieser Jahre meines glücklichen und sanftmütigen Christentums brannte der Schmerz der Erinnerung so stark in mir, daß ich Zorn fühlte jenen gegenüber, die all das wissen. Die wissen, wie „normal" die Menschen im Westen leben, und die wissen, wie sie bei uns leben. Die das Volk bewußt töten, indem sie das einst reichste Land in eine Wüste verwandeln. Irgendeiner der modernen Schriftsteller hat gesagt: „Das russische Leiden muß das Wohlbefinden der Welt empören."

7. 10. 1980
Welch geheimnisvolle Sache die Freiheit doch ist. Sie ist wie die Luft. Man beginnt sie erst zu schätzen, wenn man sie verliert. Ich sehe, daß auch der westliche Mensch kaum frei ist. Und die Hauptsache ist, daß er wenig nach Freiheit verlangt.

Hier zeigt sich der Nihilismus auf eine andere Weise. Nicht so wie bei uns. Ein Beispiel: Gestern lief mein Zug in den Bahnhof der großen deutschen Stadt Frankfurt a. M. ein. Ein riesiges Bahnhofsgebäude – und darüber gigantisch leuchtend die Buchstaben „MM".

Ich frage meine Begleiterin: „Was ist das? Irgendein besonderes Symbol, eine Losung, etwas Bedeutendes?"

Sie antwortet: „Das ist nur eine Reklame für Sekt."

Über alles stülpt sich die lästige Welt der Reklame. Im Kino zum Beispiel: Man spricht mit so geheimnisvoll-suggestiver Stimme von Lappalien: von Waschpulver, von irgendwelchen Bürsten, als ob dies die wichtigsten und unentbehrlichsten Dinge seien.

Aber von anderen Dingen zu sprechen, die tatsächlich für alle unentbehrlich sind – von der Seele, vom Sinn des Lebens, von der Erlösung –, darüber offen zu reden, schämen sich hier sogar die Priester. Wahrhaftig eine verkehrte und verzerrte Welt!

Ich erinnere mich an einen Priester, den ich vor kurzem traf. Ich hatte einen Ausflug mitgemacht, der von der Pfarrgemeinde eines Dorfes organisiert worden war. Der junge, lustige Geistliche, ein sportlicher Typ, war zwei Tage lang am Reden. Im Verlauf dieser zwei Tage, die wir im Omnibus unterwegs waren, sprach er über alles, was gerade gewünscht wurde: über Flugzeuge und Fußball, über die Wahlen und über das Essen. Er lachte viel, bemühte sich, alle zu erheitern. Einer von der Art unserer Massenunterhalter. Und gleichzeitig zeigte sich vor den Fenstern eine Welt, die unerwartet schön war, mit steilen Berghängen, mit dem Leuchten tiefblauer, violetter, geradezu überirdischer Farben, daß mir ganz von selbst die Psalmen in den Kopf kamen: „Wunderbar sind deine Werke, Gott, unser Herr! Mit großer Weisheit hast Du alles geschaffen."

Später, als wir zurückgekehrt waren, fragte ich den Priester: „Warum haben Sie nicht ein einziges Mal etwas von Gott gesagt? Wieso haben Sie nicht von der Schönheit seiner Welt gesprochen?" Er antwortete: „Wenn ich von Gott zu sprechen beginne, verliere ich meine Leute und bleibe allein."

„Aber die Einsamkeit war doch noch nie eine Sünde", sagte ich und dachte, daß es nicht wahr sei, daß er die Leute verlieren werde. Wie hatten mir die Bauern zugehört, als ich zu ihnen von unserer Kirche, von der Kirche überhaupt, vom Gebet gesprochen hatte. Und sie hatten mich um mehr und mehr gebeten.

25. 12. 1980

Hier hörte ich zum ersten Mal von Journalisten eine Frage wie diese: „Warum wollen Sie nicht Priester sein?"

Ich muß sagen, daß für eine russisch-orthodoxe Frau diese Frage verrückt klingt. Warum hat sich unser „Feminismus" dieses Problem nie vorgenommen? Hier muß ich eine Antwort erst suchen. Mir kommen die Worte des Herrn von selber ins Gedächtnis: „Und wer unter euch der Erste sein will, der soll euer Diener sein." In unserer Kirche wird auch nicht über das Problem der irdischen Gleichheit oder Ungleichheit gesprochen. Dort sind die Gesetze ganz anders. Dort ist der Himmel, der auf die Erde herabgekommen ist. Unsere Frauen verhalten sich dem Priester gegenüber mit Ehrfurcht, aber sie verstehen auch, welche Verantwortung vor Gott und den Menschen jeder Priester auf sich trägt. Die Frauen sind der Ansicht, daß das Kreuz eines Priesters schwerer ist als das Kreuz einer Frau, die keine geistlichen Weihen hat, und daß es leichter ist, gerettet zu werden, wenn man von einfachem, unbedeutendem Stand ist. Und auch das folgende Wort gilt von unseren kirchlichen Frauen, die die Kirche auch heute retten: „Gott hat das Unkluge der Welt ausgewählt, um die Klugen zu beschämen, und das Schwache der Welt hat Gott erwählt, um das Starke zu beschämen, und das Unbedeutende der Welt und das Erniedrigte und das, was überhaupt nichts bedeutet, hat Gott ausgewählt, um das Bedeutende aufzuheben."

26. 12. 1980
Heute habe ich zum ersten Mal in meinem Leben in einer Kirche gesprochen. Es war eine riesige Marienkathedrale. Als Pater F. mich bat, vor der Messe einige Worte zu sagen, geriet ich in schreckliche Verlegenheit. Hätte ich mir je einmal vorgestellt, zu einer solchen Ehre zu kommen – in der Kirche zu sprechen, im Hause des Herrn zu predigen? So wie die Bitte des Paters F. aussah und um zu gehorchen, faßte ich Mut und stimmte zu. Ich sprach deutsch. Und Gott, der Herr, gab mir die Worte und die Kraft, von unserer russischen Kirche zu erzählen, die den segensreichen und königlichen Weg des Kreuzes geht. Ich sprach von unserer wunderbaren Bekehrung zu Gott, davon, daß Gott, der Herr, sogar aus Steinen „dem Abraham Kinder machen könne". Ich wollte meinen Zuhörern ein Gefühl für das Wunder vermitteln, damit auch sie den Grad, genauer: die Unermeßlichkeit, unserer Dankbarkeit gegenüber Gott empfinden könnten – fühle ich mich doch bis heute unerwartet und nicht nach Verdiensten gerettet, herausgerissen von Gott aus einer schrecklichen, tödlichen Krankheit.

3. 2. 1981
Ist es möglich, daß mich die Emigration zurückgeworfen hat? Manchmal flehe ich zu Gott: Gib, daß ich hier nicht meine Existenz, meine Seele verliere; gib, Gott, daß nicht die Leere und die Langeweile mich abtöten. Und *ich* bitte darum, ich, die ich einst sowohl Romantik als auch dichterische „Verrücktheiten" für unreif hielt; ich, die ich im

Christentum den höchsten Realismus entdeckt hatte und die ich mich meiner früheren Vorlieben geschämt habe, da ich sie für heidnisch hielt; ich, die ich einst sogar Dostojewskij ablehnte, der mir zu „hysterisch" und der rechtgläubigen „Nüchternheit" nicht zu entsprechen schien. Und das alles nicht aus Snobismus, nicht aus dem hohlen Eifer einer Neubekehrten. Ich sah in der Tat, daß der Nihilismus abstoßend ist, daß er lächerlich und sogar geschmacklos ist. Nach der Liturgie stand die ganze romantische und moderne Kultur vor meinen Augen in ihren nichthochzeitlichen Kleidern, ergriffen von einfältiger Selbstbewunderung und Leere. Nach dem allersüßesten Jesus schien mir jedes beliebige Brot grob und ungenießbar. Wohin denn ist jetzt dieser Geschmack verschwunden?

Ich lebe wie früher durch das Gebet, wie damals gehe ich in die Kirche mit einem Gefühl innerer Ergriffenheit und doch auch so, als ob ich nach Hause käme. Aber dort in Rußland, war das ganze Leben bis an die Ränder übervoll, es war intensiver und ungestümer. Es gab keine Leere darin, und ungeachtet der äußeren Schwierigkeiten war Heiterkeit der herrschende Grundton; Heiterkeit, die einhergeht mit der Befreiung; Heiterkeit, die uns unverwundbar gemacht hat. Rußland geht heute durch den neunten Kreis der Hölle, und gleichzeitig leben in ihm die glücklichsten Menschen auf der Welt.

4. 3. 1981

In der Kirche stehen hier keine bettelarmen Frauen, sondern Leute, die gut und mit Geschmack angezogen sind. Es kommt mir sogar seltsam vor, sie in der Kirche zu sehen. Man sieht auch viele Männer hier, ebenfalls ein großer Unterschied zu Rußland. Aber bald bemerkt man, daß die Haltungen bei allen irgendwie keine Gebetshaltungen sind. Die Mehrzahl steht abwesend und gleichgültig da, die Hände auf der Brust übereinandergeschlagen. So stehen in den russischen Kirchen heute nur neugierige Touristen herum. Als ich vor kurzem hier vor russischen Emigranten eine Rede hielt, sagte ich ihnen noch schärfer: „So stehen in unseren Kirchen nur die KGB-Leute da." Eine Dame hat mir darauf entgegnet: „Aber wir sind doch von Kindheit an in der Kirche, wir haben uns an sie gewöhnt."

Gestern habe ich von einem russischen Priester, einem Emigranten, in der Predigt noch erstaunlichere Worte gehört: „Wir, Kirchenbesucher ..." In der Kirche *lebt* man nicht. Man *besucht* sie. Das ist es, was ich mir niemals hätte vorstellen können, daß man sich an die Kirche gewöhnen kann. Es zeigt sich, daß die Kirche die langweiligste Einrichtung auf der Welt werden kann. Es zeigt sich, daß man das Wunder des Glaubens, der Berge versetzt und der Tote auferweckt, in Banalität auflösen kann.

Aber dennoch ist das die Kirche! Und ich werde sie lieben. Trotz allem. Es war einfach, die armselige, verfolgte und weinende Kirche zu lieben. Ich versuche jetzt, die wohlbehaltene und selbstzufriedene Kirche zu lieben, die in allem dem entgegengesetzt ist, was sich als die ursprüngliche Idee der Kirche erweist.

Vielleicht ist diese „Blöße" der Kirche mir hier auch zum Nutzen, gehe ich jetzt doch in eine Kirche, die keinen äußerlichen Glanz hat. Jetzt gehe ich geradewegs zu Gott und spreche direkt mit ihm. Aber in Rußland entstand doch nicht selten etwas in der Art eines eitlen Gefühls, eines Blickes auf sich selbst von der Seite her: Du stehst in der Kirche, folglich schaut man auf dich wie auf einen „Helden", wie auf einen neuen Menschen. Es ist heute chic, in der Kirche zu sein, wie es einst Mode war, Revolutionär zu sein. Natürlich ist das eine gute Mode. Es gibt auch die Ansteckung des Guten. Aber trotzdem ist es eine Mode. Es gibt daran etwas, was stört. Jede Mode ist auch eine Maske, ein trügerischer Schein, und im Evangelium heißt es, daß solche eben „ihren Lohn" erhalten. Ich bin froh, daß sich mein Glaube in der Emigration von dem äußeren Glanz löste. Verborgen muß der Weg zu Ihm sein, und Gott, der das Verborgene sieht, wird unverhohlen geben. Im Westen ist die Kirche, ganz gleich welche und unabhängig von der Konfession, in die Entäußerung, die Kenosis, eingetaucht, und es ist schwer, sich etwas Tieferes als das vorzustellen.

Zu der gefesselten, unbeweglichen und auf die Welt nicht reagierenden Kirche in Rußland streben heute, ohne jede Reklame oder Apologetik, fortwährend die Besten im Lande. Die Kirche im Westen aber verliert, ungeachtet ihrer riesigen Anstrengungen, mit der Zeit Schritt zu halten, immer mehr Leute. Als ob der Geist und die Kraft hier verflogen wären. Für die Kirche im Westen sind schwierige Zeiten angebrochen, schwierigere als für die Kirche im Osten. Die Kirche geht überall den Weg des Kreuzes. Nur ist in Rußland zu sehen, daß das Kreuz siegt. Hier jedoch ist alles verdeckt und nicht zu erkennen.

21. 3. 1981
Heureka! Ich habe die Lösung: Nicht die, die gesehen haben, sondern die, die glauben, sind seliger als die, die gesehen haben und dann glauben. So müssen auch auch die echten Christen im Westen seliger sein als wir, die wir in Rußland zum Glauben gekommen sind. Wir haben dort wie Thomas seine Wunden und seinen jetzt unsterblichen Leib konkret und sichtbar berührt. Wir fühlten Gott, und wir verstanden, daß er realer ist als die ganze uns umgebende Welt.

Hier aber treffe ich fast keine Leute mit einer vergleichbaren Erfahrung. Und trotzdem habe ich echte Glaubende getroffen.

2. 5. 1981
Ich sehe, daß sich viele russische Emigranten, Dissidenten von gestern, hitzige, mutige, angespannte Leute, hier im Westen verloren, niedergeschlagen und verödet zeigten.

Sie haben den Widerstand gegen die äußere Umgebung abgelegt – und das innere Feuer ist verschwunden. Das ist eben der Fehler bei nur heldenhaften Menschen: zum Leben brauchen sie einen Feind, sie brauchen die Grenzsituation, das Risiko, das Stehen am Rande. Ich habe das alles auch geliebt, aber gleichzeitig mich auch geschämt, weil sich Gott in dem Herzen niederläßt, das von Leidenschaften geläutert ist. Gott – „das stille Licht".

Nietzsche sagt: „Alles Große wird in der Stille geboren."

10. 5. 1981

Wie schwierig es hier in der ungewohnten Welt auch sein mag, so danke ich doch Gott dafür, daß Er mir erlaubt hat, mein Leben *ganz* zu ändern. Ich bin auf einem anderen Planeten, nicht nur der Verstand muß sich erneuern, von alten Klischees und Schemata lösen, sondern auch der Körper. Sogar er muß die früheren Gerüche, Farben, Erwartungen vergessen. Er muß sich lösen vom vertraut Gewordenen, davon, daß er ein Schutzmechanismus war, der sichere Zufluchtsort meiner Faulheit und meines Egoismus. Er muß brechen mit der süßen Welt der Erinnerung, des Heimatbodens, des mütterlichen Schoßes. Ich muß wieder schutzlos werden, wie damals in den ersten Tagen meines Christentums. Schutzlos, das heißt: Gott nötig haben.

Leere, die den Emigranten umgibt. Blumen ohne Duft. Menschen ohne Geschichte. Bäume ohne Namen. Man muß ein anderer Mensch sein, ein Mönch, um die Marswelt ringsum anzunehmen und liebzugewinnen. Man muß mit ununterbrochenem Beten leben. Das ist sicher: Wenn Gott nicht in diesen leeren Raum herabsteigt, ist es um den Menschen geschehen. In diesen Monaten wurde mir mein Gott noch näher, als er es mir früher war.

Und ich habe eine zuverlässige Stütze: die Kirche. Und den Segen meines Beichtvaters, der mir vor der Emigration sagte: „Erinnere dich noch einmal – du bist nicht in der Verbannung. Du bist geschickt mit einem Auftrag."

Die Emigration stellt den Menschen vor die Entscheidung: entweder den Untergang in der völligen Leere – und wie viele unglückliche Leute gibt es in der Emigration, sogar Selbstmörder! – oder die Überwindung des Nihilismus durch die Liebe. Ich bemerkte, wenn ich im Herzen Stille und Licht habe, so wird auch alles um mich herum wieder lebendig und begeistert. Sogar die steinernen Frankfurter Wolkenkratzer beginnen zu atmen, leben auf in neuer und kühner Dynamik. Sogar mit ihnen kann ich ein Zwiegespräch führen.

7. 5. 1983
Heute ist Karfreitag. Es ist Abend, und ich komme eben aus der Kirche zurück. Es war einer der unfaßbarsten und tiefgründigsten Gottesdienste des Jahres. Man sang „Von der Welle des Meeres ...", das Lied von den Wellen, die den ägyptischen Pharao verschlangen. Tatsächlich oder symbolisch geht es darin um das Ende der Herrschaft des Fürsten dieser Welt. Gestern schon ertönten hier diese Worte des Herrn, die meinen Geist so ergreifen und mir den Atem verschlagen: „Jetzt geht das Gericht über die Welt; nun wird der Fürst dieser Welt ausgestoßen werden!" Das ist es, was sich jetzt so offen und einfach vollzieht: unser Peiniger hat keine Macht mehr über uns.

Und wie sehr hat er mich all diese Zeit über geplagt und meinen dummen Stolz, mein unvernünftiges Herz und meine Trägheit dazu benützt. Besonders schwer fielen mir die Vorträge. Nun trete ich schon seit bald drei Jahren auf, halte Vorträge, sehe Hunderte, ja Tausende von Menschen. Aber daran gewöhnt habe ich mich noch immer nicht. Das letzte Mal war ich in Südösterreich und trat dort in mehreren kleinen Städten auf. Ich kam zuerst in das malerische Städtchen W. Die Alpen ringsumher, die sauberen rauschenden Bäche, die Kirchen mit ihren hohen Spitzkuppeln, all das schien mir in meiner Schwermut und Einsamkeit unwirklich, spielzeughaft, bedrückend. Die dichte Honigwärme des Sommers liegt schon in der Luft, und es ist so still, daß das Schwirren eines Käfers als der stärkste Laut erscheint. Es ist Sonntag; ab und zu begegne ich auf meinem Weg gemächlichen, mit sich und der Welt zufriedenen Ehepaaren. Ziel meines Spaziergangs ist die Hauptkirche, wo ich mit dem Gebet meine Schwermut vertreiben will. Unverständlich ist sie, diese Schwermut: Sie mag daher kommen, daß ich eine „Emigrantin" bin und man mir die „Haut vom Leibe gerissen", will sagen die Heimat, die Wurzeln, die Sprache und die ganze materielle Umgebung weggenommen hat. Oder auch daher, daß ich Angst davor habe, zu sprechen, meine schwere, unbewegliche „Subjektivität" zu überwinden und mich an die Mitmenschen zu wenden, ja ihnen von ganz erhabenen, gefährlichen und verantwortungsvollen Dingen zu erzählen: vom heiligen Feuer, das dort in Rußland einst mein Herz berührt hat, von Glaubenszeugen, von der Heiligkeit als dem einzigen Weg zu sich selbst und zu Gott. Kann ich, die ich in meiner unerklärlichen Traurigkeit jetzt danach strebe, mich in eine Maus zu verwandeln und wegzurennen, kann ich so vor die Leute treten und ihnen von solchen Dingen erzählen? All das ist sichtlich eine Versuchung.

Ich fange an, nicht nur mich selbst, sondern auch diese Leute zu hassen; angesichts der ganzen „Bürgerlichkeit" kann man die Stimmung der „Linken" verstehen, denn es ist ja für Menschen mit anderem Temperament und anderen Werten sehr schwer, in dieser schläfrigen und langweiligen Welt zu leben.

Ich trete zur Kirche und lese die Aushänge: „Fassadenrenovation", „Ratschläge für die Familie", „Halte dich fit", „Männerturnen" und schließlich: „Die geistige Auferstehung Rußlands. T. Goritschewa." Da bin ich in guter Gesellschaft.

Damit also beschäftigt sich die Kirche. Mir wird noch trauriger zumute. Warum bin ich hier? Doch die Stunde meines Vortrags war da, der Saal übervoll. Die verschiedensten Leute hatten sich eingefunden, junge und alte, studierte und einfache und auch – wie ich später erfuhr – Linke und Rechte, Feministinnen und Nonnen.

Ich betete, bekreuzigte mich und begann zu sprechen; meine düstere Stimmung verschwand, und alsbald sah ich Hunderte von Augenpaaren auf mich gerichtet, und all diese in ernster Aufmerksamkeit verharrenden Menschen wurden mir nach und nach lieb. Sie waren gekommen, um etwas über die russische Kirche und überhaupt über Rußland zu hören, Rußland, das zugleich anzieht und erschreckt, Hoffnungen und Ängste weckt und immer noch rätselhaft ist. Und wenn ich diese Augen sehe, kehrt alles in mein Herz zurück, was Gott in es hineingelegt hat; aus der Tiefe der Seele steigen Gefühle auf, die für mich selbst unerwartet sind. Meistens sage ich nicht das, was ich mir vorgenommen habe; ich wiederhole mich oft, doch nie ist es Spiel, Erinnerung oder Stilisierung. Jedesmal mache ich alles wieder von neuem durch, ersterbe und erwache, meinem Bericht folgend, zu neuem Leben. Alles geschieht wie am ersten Tag meiner „Schöpfung“, wie in der Sekunde meiner Bekehrung.

Nach dem Vortrag – man würde ihn wohl besser Zeugnis nennen – werden gewöhnlich viele Fragen gestellt, und lange läßt man mich nicht los. Dabei stelle ich jedesmal fest, wie groß das Bedürfnis der Menschen nach Lebenssinn, nach dem lebendigen – nicht ideologisierten – Gott und nach der Erfahrung ist.

Und wie schämte ich mich nachher meiner Niedergeschlagenheit, meiner Verachtung der Menschen, unter denen es auch solche gibt, die ich nie vergessen werde. Ein Ehepaar zum Beispiel, Gabriella und Stefan, haben ihr ganzes Leben der Aufgabe gewidmet, in Krankenhäusern und Altersheimen die unglücklichsten und einsamsten Menschen aufzusuchen. Seelisch, physisch und materiell geben sie alles her, um diesen Menschen zu helfen. Das ist nicht leicht, doch beide strahlen in ihrer Offenheit, als wären sie noch ganz jung, als schwebten sie. Diese beiden kennen weder eigene Sorgen noch Vergnügen und auch keine eigenen Bindungen. Vom Morgen bis zum Abend ist ihr Denken einzig darauf ausgerichtet, wie sie Gott gefällig sein können. (Sehe ich dagegen mein Leben an, besteht es aus lauter Vergnügungen: Bücher, Gedanken, Kunst, Gebet – all das sind Vergnügen.) Solche Begegnungen sind mir schon geschenkt worden im Westen, Begegnungen mit Menschen, die ganz Gott gehören. Wieviel Kraft, wieviel geistige Nahrung schenken sie mir!

2. 7. 1981
Ich war auf dem Kirchentag in Hamburg. Die Oberflächlichkeit und auf politische Agitation ausgehende Haltung der jungen Leute erstaunte mich und berührte mich unangenehm. Es heißt „Kirchentag". Aber wie wenig wurde von Glauben und von der Kirche gesprochen. Als ob ich auf ein großes Komsomolzentreffen geraten wäre, die in der Sowjetunion nur in den ersten nachrevolutionären Jahren stattfinden konnten. Es war schwer, menschliche Gesichter in der Masse auszumachen, hinter den Rufen die menschlichen Stimmen zu erkennen und hinter den Parolen die Gedanken. Auf diesem Kirchentag lernte ich den deutschen Pazifismus kennen. Die Absicht und der Wille, für den Frieden zu kämpfen, sind als solche sicher gut und wichtig. Alle wollen Frieden. Aber für russische Christen ist es klar, daß es ohne inneren Frieden und ohne innere Freiheit auch keinen äußeren Frieden geben kann. Der hl. Seraphim Sarowskij sagte: „Wenn ihr den inneren Frieden habt, werden Tausende von Menschen um euch herum gerettet werden." Hier aber, bei diesen jungen Leuten, wird offenkundig nicht von einem solchen Leben gesprochen, sondern vom Am-Leben-Bleiben. Für mich war es beleidigend, von Christen zu hören: „Lieber rot als tot!"

Wie konträr ist das alles zu dem, was jetzt in der russischen Jugend vor sich geht. Dort ist man bereit, sein physisches Leben zu verlieren, nur um geistig-seelisch nicht zu sterben. Es ist schade, daß der Westen heute den Wert des Leidens nicht versteht, seine erneuernde und läuternde Kraft; daß er nicht versteht, daß die Hauptsache nicht die Frage physischer Qualen oder sogar des Todes ist, sondern die Frage nach dem Sinn. Die Märtyrer, die für Christus ihr Leben dahingaben, strahlten vor Freude. Und die Erfahrung der verfolgten russischen Kirche sagt uns ganz deutlich, daß das Leiden für Gott nicht von ihm wegführt, sondern im Gegenteil uns Ihm näherbringt. Der Beginn des Totalitarismus liegt für mich da, wo die Persönlichkeit verlorengeht. Sie kann auch unter dem Aktivismus und der Unruhe begraben werden.

20. 7. 1983
Ich sprach auf einer Katholikentagung in Linz. Nach dem Vortrag umringten mich wie üblich viele Leute, stellten Fragen und erzählten von sich. Lange schon stand ich da und sprach mit ihnen, als ich eine ältere Nonne sah, die still und geduldig darauf wartete, daß sie an die Reihe käme, um mir auch etwas zu sagen. Ein junger Geistlicher hielt mich zurück, als ich schon zum Bahnhof fahren mußte, um meinen Zug nicht zu verpassen, und sagte zu mir: „Jemand will Ihnen hier nur zwei Worte sagen." Mit Tränen in den Augen trat jene Nonne hinzu und sagte, sie bete schon seit vierzig Jahren jeden Tag für die Bekehrung Rußlands, und heute nun habe sie endlich von einem lebendigen Zeugen erfahren, daß in Rußland so viele Menschen auf so wunderbare Weise zu Gott finden.

Und ich dachte: Meine unerwartete Bekehrung, die Rückkehr meiner Freunde in die Kirche, all das war kein Zufall. Und nicht nur die Gebete der russischen Märtyrer, nicht nur ihr „Blut" wurde zum Samen unseres Christentums, sondern auch die Gebete all jener, die wie diese Nonne den Aufruf der Gottesmutter von Fátima gehört haben, die so genau und so liebevoll den Menschen vorausgesagt hatte, Rußland werde eine teuflische Lehre in der Welt verbreiten, aber schließlich auch neu erstehen und wieder zum „Heiligen Rußland" und zum Haus der Allerheiligsten Gottesmutter werden.

24. 11. 1983

Ich frage mich, was ich jetzt mehr als alles andere auf Erden begehre. Ich möchte mich plötzlich in der kleinen Holzkirche wiederfinden, die im Kloster bei Riga mitten in einem duftenden Föhrenwald steht. Ich möchte wieder, wie immer in dieser Kirche, fühlen, daß ich nichts bedeute, nichts weiß und nichts kann. Nicht nur mit dem Kopf, sondern mit meinem ganzen Inneren bis zum beschämten Erröten verstehen, wie falsch all das ist, was ich eben über mich und die Welt gedacht habe. Gleichzeitig wünschte ich, eine solche Freude käme über mich wie über die Engel im Himmel, wenn sie einen reuigen Sünder sehen.

Und daß es mich unwiderstehlich danach drängte, auf die Knie zu fallen und mit der Stirne den hölzernen, warmen Boden zu berühren, wenn die körperlosen, geheimnisvoll freien Stimmen der Klosterfrauen singen: „Herr, ich habe zu Dir gerufen, erhöre mich!", oder wenn die sanfte Stimme des Priesters im Altarraum leise spricht: „Ruhm sei Dir, der Du uns das Licht gezeigt hast!" Und in dieser Sanftmut liegt eine Kraft verborgen, die Welten schaffen und zerstören kann.

Doch sollte ich dies noch einmal erleben, so nur in einer anderen, jenseitigen Welt.

Inhalt